名曲荟萃　　曲目精华

粤剧金曲精选

（第七辑）

黄鹤鸣　记谱选编

广西民族出版社

图书在版编目（CIP）数据

粤剧金曲精选. 第7辑/黄鹤鸣选编. —南宁:广西民族
出版社, 2009.2
ISBN 978 - 7 - 5363 - 5534 - 7

Ⅰ. 粤… Ⅱ黄… Ⅲ. 粤剧—戏曲音乐—乐曲—选集
Ⅳ. J643.565

中国版本图书馆 CIP 数据核字（2008）第 128316 号

YUE JU JIN QU JING XUAN

粤剧金曲精选（第七辑）

黄鹤鸣　记谱选编

出版发行	广西民族出版社（地址：南宁市桂春路 3 号　邮政编码：530028）
发行电话	(0771) 5523216　5523226　传　真：(0771) 5523246
E - mail	CR@ gxmzbook. cn
责任编辑	韦启福
封面设计	玉荣奖
责任校对	孙和宾
责任印制	蓝剑凤
印　　刷	南宁市方达印制有限责任公司
规　　格	787 毫米×1092 毫米　1/16
印　　张	8
字　　数	200 千
版　　次	2009 年 2 月第 1 版
印　　次	2009 年 2 月第 1 次印刷
印　　数	1～3000 册

ISBN 978 - 7 - 5363 - 5534 - 7/J·545　　　　　　　　　　定价：25.00 元
如发现印装质量问题，影响阅读，请与出版社联系调换。　　电话：(0771) 5523216

序

李英敏

粤剧源远流长，发源于南粤，首先流行于广东、广西，已有两百多年历史。粤剧在两广有深厚的群众基础，深受广大群众所喜爱，是中华民族宝贵的精神文化财富内容之一。

我生长在一个粤剧之乡，家有一个爱好粤剧的祖传，我从小受到熏陶，也喜爱粤剧。我没有专门从事过粤剧事业，却有过马师曾、红线女、罗品超、卢启光等许多粤剧的老朋友，还结交了一位新朋友（论年龄，应该说，是个"小朋友"）黄鹤鸣同志。

前些年，鹤鸣出版了一本他自己创作的粤曲演唱集，名为《春满白龙塘》（广西民族出版社出版），邀我作了序。最近，他又选编了一系列粤剧演唱集，取名《粤剧金曲精选》，又邀我为之作序。出于后生可爱，振兴粤剧后继有人的真挚感情，更出于为振兴粤剧的强烈愿望，义不容辞，我欣然从命。

统观全书，仔细品味，实在感到欣喜，无比兴奋。本书所选之粤曲，尽皆粤剧传统剧目中之金曲，而且配有乐谱。可概言之曰：有"一全、二精、三有谱"三大特色和优点。"全"和"精"固然难得，"有谱"则更为可贵。

粤剧流行地区广阔，群众基础深厚，粤曲爱好者甚为广泛。要学唱粤剧，就得有谱，无谱，就只能望曲兴叹。可惜，目前大凡粤曲的图书和音像制品，一般都只有唱词，没有乐谱，不利于学唱。本书既有唱词，又有乐谱，既有利于学唱和伴奏，又有利于粤剧普及，这是一件大好事。鹤鸣为粤剧金曲记录乐谱，日以继夜，呕心沥血，坚持数年，做了许多深入细致的工作，付出了大量艰辛的劳动，编成此书，出版问世，这对振兴粤剧也是一件极其有益的事情。

黄鹤鸣同志，从事粤剧工作 50 年，系中国戏剧家协会会员、中国曲艺家协会会员。曾编演剧本 50 多本，撰写粤曲 100 多首，发表学术论文 10 多篇，多次获奖。还曾应邀出席羊城国际粤剧节、

1

羊城国际广东音乐节及香港大学、香港中文大学举办的国际粤剧学术研讨会，与两广及港澳粤剧粤曲界有广泛的交流和密切联系。

黄鹤鸣同志在职期间，敬业爱岗，专心致志，勤勤恳恳，做了大量工作，出了不少好成果，为粤剧事业作出了突出贡献。他退休后，仍然意气风发，壮心不已，致力于粤剧事业。先后担任广西老干部活动中心粤剧团团长、南宁市老年大学粤剧班教师以及南宁市社会上诸多粤剧粤曲演唱网点的艺术指导，所教授的生员，以及由这些生员带动起来的剧曲爱好者，数以千百计。这些粤剧粤曲团体和演唱网点，广大离退休干部朝气蓬勃，焕发青春，奋发向上，老有所学，老有所乐，老有所为，呈现一派绚丽的"夕阳红"风采和粤剧兴旺活跃的喜人景象。

更值得称道的是，黄鹤鸣同志在教学中，积极倡导运用粤剧粤曲的传统形式，高唱社会主义主旋律，弘扬社会主义精神文明。近年来，他紧密配合党和国家的政治任务和重大活动，先后创作了《昆仑关大捷》、《长征颂歌》、《喜迎香港回归》、《澳门潮声》、《讴歌祖国五十年》、《南疆颂》、《中国人民在怒吼》等现代题材的大型曲目。同时，创作了《春满白龙塘》、《壮乡行》、《南疆首府赞》、《愿作桂林人》、《北海夜明珠》等一批歌颂党的丰功伟绩和赞美壮乡新貌的粤曲作品。他还锐意创新，另辟蹊径，将毛主席诗词《沁园春·长沙》、《忆秦娥·娄山关》、《水调歌头·游泳》等配以粤曲演唱。这些现实题材的作品，受到了广大粤曲爱好者的喜爱和欢迎，不但在广西区内广为流传，而且传唱到广东等地，产生了良好的社会效应。

喜看振兴粤剧有仁志士。黄鹤鸣同志为粤剧事业努力奋斗了半个世纪，如今仍然矢志不移，坚持不懈，奋进不已，精神可嘉，业绩可贺。我作为一个老粤剧爱好者，深感欣慰。祝愿他的《粤剧金曲精选》受到广大粤剧粤曲爱好者的喜爱和欢迎，更愿他继续努力，为振兴粤剧作出更大的贡献。

2001.10

（序作者系中共中央宣传部文艺局原局长、广西文联名誉主席、广西老干部活动中心粤剧团顾问、著名电影编剧和作家。）

前　言

　　粤剧是中国地方戏曲剧种之一，发源于广东而流行于两广、港澳和东南亚、南洋群岛各国，还随着华侨的足迹传遍世界各地。粤剧唱腔丰富多彩，旋律优美，为广大群众所喜闻乐见。粤曲是从粤剧剧本中精选出来的主要唱段，或由词曲作家为粤曲唱家编撰，可概括某剧特定情景和主要人物的思想活动情况。唱腔经过唱家和演员的精心雕琢，使粤剧唱腔音乐得到升华，所以能够经久不衰。粤曲从20世纪20年代开始出现于广州市的茶楼上，到30年代已形成小明星、徐柳仙、张月儿、张蕙芳四大平喉唱家，以后所有著名粤剧演员都以其精彩唱段灌制成唱片发行，因而形成了众多的唱腔流派，除四大平喉唱家各树一帜外，最早形成薛（觉先）、马（师曾）、廖（侠怀）、桂（名扬）、白（驹荣）五大流派，继后有新马师曾的新马腔、芳艳芬的芳腔、红线女的红腔、何非凡的凡腔、罗家宝的虾腔、陈笑风的风腔等等。这些唱腔流派经他们的弟子们继承发展，变得万紫千红，更加绚丽多姿，使粤曲艺术得以在群众中广泛流行。现在除两广和港澳有粤曲茶座或私伙局外，还有众多的业余粤曲演唱团体遍于世界各地。

　　《粤剧金曲精选》是从已公开发行的唱片、录音带、CD碟、VCD碟中精选出唱腔优美、流行广泛、群众喜欢的粤曲逐一进行记谱整理，分成若干辑出版的。每辑二十首，分平喉子喉对唱、平喉独唱和子喉独唱三个部分，展现了各种唱腔流派和各个名家的唱腔特色。这本书作为广西老干部活动中心粤剧团和南宁市老年大学的教材，对于广大粤曲爱好者依谱自行学唱粤曲也会有较大的帮助。

粤剧的语言、声调和音韵

中国幅员辽阔，民族繁多，语言复杂，归纳起来有北方方言、西南方言、吴方言、湘方言、客家方言、闽方言、粤方言等七大方言，各少数民族还有自己的民族语言。为了规范全国各地各民族的语言，便于进行交流，中华人民共和国成立后，制定了以北方方言为基础的现代汉语，即普通话，成为我们国家的统一语言。但各地区各民族的民间交往仍然习惯使用本地区的方言，各地方剧种也都使用本地区的方言。古代汉语分平、上、去、入四声，现代汉语取消了入声，将入声字分别列入平上去三声中，并将平声分阴阳，成为阴、阳、上、去四声。粤剧以粤方言为主要语言，粤方言仍然保留古汉语的平上去入四声，并将平上去三声各分阴阳（不是所有平上去三声的字全都有阴阳），入声分上中下（不是所有入声字都有上中下，有些只有上下，有些只有中下），共为九声。粤方言与古汉语在声调上有非常密切的联系，难怪陈毅元帅在《广东》一诗中有"千载唐音听粤腔"之句。粤剧唱词严格分上句和下句，上下相间不重复，仄声字（包括上声和去声）为上句，平声字为下句，以平仄声入韵。入声字因发音短促，不利于演唱，一般只用作韵白、白榄（类似快板）或编成新曲演唱。

古代诗词都要押韵，称诗韵，每一首诗、每一阕词都使用一个韵，当然也有个别诗词在中间转韵的。粤剧唱词同样要押韵，称音韵，以前是一场戏一个韵，后来放宽至每个段落一个韵，甚至有一个唱段中间转韵的。押韵是为了易于背诵，而且听来悦耳。音韵是将韵母相同的字凑在一起组成，粤剧音韵细分约有35个之多，但有些音调相近的可以合韵，入声韵17个，编撰粤曲的人员必须精通音韵和掌握诗词格律，才能写出琅琅上口的唱词。演唱粤曲要求字正腔圆，发音准确。为帮助学唱粤曲的人们掌握粤剧音韵，特制简表如下：

平仄声音韵表

声 调	阴平	阴上	阴去	阳平	阳上	阳去
序 列	第一声	第二声	第三声	第四声	第五声	第六声
亲人韵	因（原因）	隐（归隐）	引（指引）	人（树人）	印（治印）	孕（怀孕）
依时韵	诗（赋诗）	史（历史）	市（都市）	时（天时）	试（测试）	事（办事）
优悠韵	休（退休）	柚（蜜柚）	友（朋友）	由（来由）	幼（年幼）	右（左右）
乌狐韵	夫（丈夫）	斧（弄斧）	妇（媳妇）	符（桃符）	富（致富）	父（教父）
宣传韵	穿（揭穿）	喘（气喘）	（缺）	全（成全）	寸（方寸）	（缺）
工农韵	通（交通）	统（总统）	（缺）	同（认同）	痛（悲痛）	（缺）
读 音	3	2	1	$\underline{5}$	$\underline{7}$	$\underline{6}$

入声音韵表

声 调	上入	中入	下入
序 列	第七声	第八声	第九声
热烈韵	必（未必）	鳖（龟鳖）	别（分别）
落索韵	扑（bog）（用棍扑）	博（渊博）	薄（厚薄）
竹木韵	督（总督）	（缺）	毒（狠毒）
核实韵	失（损失）	（缺）	实（事实）
月缺韵	（缺）	拙（笨拙）	绝（隔绝）
八达韵	（缺）	挖（开挖）	滑（光滑）
读 音	$\underline{3}\equiv$	$\underline{7}\equiv$	$\underline{6}\equiv$

目　录

简谱与工尺谱比较

粤剧过去用工尺谱，由于简谱的时值比较准确，明了易懂，从 20 世纪 50 年代开始，国内粤剧团体已逐步改用简谱，而港澳地区仍沿用工尺谱，至今是两种乐谱并存。现将两种乐谱作个简略的比较，以帮助读者区分和鉴别。

简谱七个音阶是 1 2 3 4 5 6 7，工尺谱的写法是上尺工反六五亿。

从低音到高音排列是 1 2 3 4 5 6 7 1 2 3 4 5 6 7 1 2 3 4 5 6
仕伬伬仮合士乙 上尺工反六五亿 生伖红仮仢伍

粤曲以 C 调定弦，主乐器高胡定弦 5 2，称合尺线，也叫正线；G 调为反线，定弦 1 5，称上六线。二弦以 ♭B 调定弦 6 3，称士工线；其反线为 F 调定弦 2 6，称尺五线。

粤曲的七个调分别为 C 调，定弦合尺（5 2）；♭B 调，定弦士工（6 3）；A 调，定弦乙反（7 4）；G 调，定弦上六（1 5）；D 调，定弦仮上（4 1）；F 调，定弦尺五（2 6）；♭E 调，定弦工亿（3 7），常用的是 C、G、♭B、F 四个调。

粤曲以四分音符为一拍，其拍节分慢板（一板三叮），简谱为 4/4；中板（一板一叮），简谱为 2/4；快板亦称流水板（有板无叮），简谱为 1/4；还有一些小曲用三拍子（一板两叮），简谱为 3/4。每小节第一拍为强拍，强拍为板，用X表示，弱拍为叮，用\表示，如强拍第一个音符是休止符，叫底板，用**X**表示，弱拍的第一个音符是休止符叫底叮，用 L 表示。

简谱与工尺谱对照：

【寒关月】 1=G 4/4   2123 5.4 35321 │ 6i6535 2123 5.(6 565) │
                    X   \   \   \ X   \   \   \
(反线)（一板三叮）尺上尺工 六反 工六工尺上 五生五六工六 尺上尺工六（五六五六）

【胡不归】 1=C 3/4   5.4 5 3 │ 2 - - │ 4.2 4 5 6 │ 5 - - │ 7.2 3 7 │
                    XL \   XL L   XL \   XL L XL \
(正线)（一板两叮）合 仮合工 尺   反 尺反六五六   乙 尺工乙

香梦前盟

陈自强　陈锦荣　撰曲

丁　凡　蒋文端　唱

【雪中燕】1=C （1 6̣ 1 6̣ 1 2 ∨ 3 －）3 3 3 －（6 5 4 3　6 5 4 3

【贵妃唱】烟 飘　飘，

6 5 4 3 6 5 4 3 －）6̣ 6̣ 6̣ （2 1 7̣ 6̣　2 1 7̣ 6̣　2 1 7̣ 6̣　2 1 7̣ 6̣ －）

雾 荡　荡，

0 3 2　4/4　1 6̣　1 6̣ 1 2　3 5 3　0 5 3 5 ｜ 2 3 5　3 5 3 5 3 2　1 2 3 1

碧空　　朗月有路到 仙 乡，永别却　人　间万千魔　　障，

（0 1 6̣ 5）｜ 3 5 2 3 5 ·（4）3 5 3 2 1 · 3 2 7̣ ｜ 6̣ 1 3 2 3 5 6 7 6

在 凌　霄，　　雾锁烟波里 虽孤　　寂却无 尘　壤。

（0 6̣ 5）｜ 3 5 3 2 1 3 3 2 1 2 3 5 · 1 1 1 ｜ 6̣ 1 2 1 2 3 1 0 3 2 7̣ ｜

千般宠　眷万斛明　　珠，似过眼　云雨皆　虚 妄，青春已

6̣ 5 6̣ 1　3 2 3 5 6 0 3 2 7̣ ｜ 6̣ 1 2 3 2 3 5 6 （0 7̣ 6̣）｜ 7̣ · 2 6̣

负　却云 和　月，苦海已　尽觉醒回 头 岸，　　　辱 与荣

7̣ · 2 3 5 2 7̣ 3 2 ｜ 5 6̣ 1 3 2 3 5 6 ‖【二黄】4/4 （0 3 2 7̣ ｜ 6 6 6 7

尽 消　往，剩一点 情 最难　　忘。　　　　　　　　真是 岁

6 5 6̣ 1 7̣ 6̣　5 6̣ 1 3 2 3 5　6 7 6）3 6 ｜ 1 0 3 2 7̣　6 · 1 6̣ 1 6̣ 5 ｜

月　　　　　　　　　　　　　　　　真 是 岁　　月

3 2 3 5（2 3 5 3 5）5 6 ｜ 2 0 3 5 2 3 6 0 2 7̣ 2　3 0 5 3 · 5 3 5 3 2 ｜

留 痕，　　　前事 依　　　　　　稀，

1

7 6 3 2 2 7 6 1 5 1 2 7 6 5 6 5 （6 1 6 5 3 2 1 3 5 6 1 ｜ 5 6 3 5）5

愁

3 2 1 2 3 5 6 1 5 0 6 7 6 7 2 6 5 6 1 2 1 5 ｜ 1 （3 2 3 5 6 2 7 6 5 6 7 2

难　　　　　　　　　　　　　放。

6 5 6 1 2 1 5 1 2 3 1）6 2 ｜ 2 0 2 7 6 5 3 5 3 2 7 6 （3 5

恨此　九　重　天　外，

6 7 6）0 6 2 7 ｜ 6 0 2 7 6 5 3 5 2 3 5 1 （2 7 6 5 6 1 5 3 5 ｜

望不见　旧　苑

2 3 5 1）5 3 2 1 6 1 0 5 3 2 2 7 6 7 1 0 2 7 6 ｜ 5 1 0 2 7 6 5 3 5 6 1

宫　墙。

6 1 6 5 3 5 3 ∨ ｜ 5 - ‖ 【滚花】3 5 1 1 · 2 3 3 7 6 5 3 5 2

难忘帝主　朝　暮　情，情比

2 2 1 2 2 1 2 3 7 - 7 2 7 6 5 0 3 5 · 6 7 3 5 - 3 - 2 - 1 - 7 6 7

海天　深　无　量。

6 - 【到春来】1=G （3 6 5 6 4 5 3 -）6 5 3 2 1 6 6 4 · 5 4 · 5

【明皇唱】璀灿玉　楼金碧闪

3 · 5 3 - 4/4 0 6 5 3 6 5 6 4 5 ｜ 3 0 5 5 2 3 5 3 5 3 2 ｜ 1 · 2 7 6 7 2

亮　　翡翠玉阶彻千　丈，满眼霞　彩绕　锦　帐，有玉人站阶

6 1 5 5 6 ｜

下　回头望。【白】妃子！【贵妃白】皇上！【明皇白】玉环！【贵妃白】

【到春来】0 0 3 2 7 · 2 6 ｜ 7 6 7 2 3 5 3 5 3 2

三郎！（二人趋前相见）　【明皇唱】惊觉玉　人泪　满香腮痛心不忍

7 6 2 7 ｜ 6 · （5 3 5 3 5）6 6 5 3 2 3 5 ｜ 2 0 6 5 3 2 3 2 3 5

望。　【贵妃唱】喜　重　逢，不禁　泪盈

2

6·(5 6 5 6 i) 5 3 6 i 6 5 | 3 5 3 2 1 6 5 6 1·3 2 3 1 2 | 3·(5)
眠，　　　　　　冷落宫花　寂寞红，逢露降 喜见春　　　光，

6 5 6 i 5 6 i 6 5 3 2 | 1 7 6 5 3 5 6 1·(2) 3 2 3 5 | 2 3 2 3 2 7
仙乡凝思苦断　　肠,道是前尘断，　今宵　喜得与君相

6 1 6 5 1 3 5 | 6 ‖【反线二黄工字过门】4/4 (0 7 6 5) | 3 3 5 3 5 6·2
会带泪含笑迎皇　上。　　　　　　　【明皇唱】月殿里会佳人你

1 6 1 2 3 5 3 | (0 5 3 5) 2·3 5 4 2 4 5 2 5 5 4 5 3 2 | 1 (0 7 6 5)
笑泪沁出芬　芳，　　难得与　卿月宫中诉衷　　肠，

4 5 7 6 5 4 5 7 6 5·6 2 6 5 6 4 | 6 5 (0 7 6 5) 4 5 6 5 2 5 4 5 3 2
叹孤　家怕深　宵剔残灯数更漏　响，　　　最 哀伤人生苦 短

1 2 7 6 5　　　3 6 | 6 6 5 4 5 3　2 3 5　6 1 2 5 5 3 2
却 恨 长，【贵妃唱】人生　苦短　却 恨 长,三郎　为我把哀歌

1【反线二黄】i i | 5 3 5 3·5 3 5 1 6 0 7 6 5 3 (0 3 2 7) | 6 7 6
唱。【明皇唱】感触 笑　复　悲，　　　　　　人

6 5 5 6 1 3 2 0 2 1 6 | 1·3 2 3 2 1 6 1·5 | 1 1 2 3 5 6 3 (2 3 1 2 |
生 苦无奈，　管你是 百　　　姓

3 4 5 3) 3 5 3 2·3 5·6 1 6 5 5 3 2 | 1 2 3 1·2 1 6 1 2 3 5 4 3
或帝　　　　皇。

2 0 3 4 5 3 3 2 (2 1 2 3 | 5 6 1 6 5 3 5　2 3 5·6　5 6 1 6 5 3 5

2 3 1 2) 6 3 | 3 4 5 3 3 5 6 7 6【序】6 i 2 i | 6 6 7 6 5 6 i
今夜 是　梦是　　真?【贵妃唱】管它　是梦 是　真，

5 i 0 3 5 6 7 6【曲】5 6 3 | 6 3 2 1 0 6 5 5 0 3 5 2 3 1 0 1 2 |
只需 情似海深。　怕好梦　惊 回 心更怆，

3

6535 【序】0653 3.56 26023 | 5.635 2654.543

多劫人 生何堪 回 顾,好梦似成虚 也 堪永念

5 6 i 5 【曲】15 | 320 532 10 27 653 2.5 55 | 5.4

想, 马嵬兵 变 是真, 空留得 千

32535 320 327 6(5135 | 676)5.643 20321

秋 悲

61237656 | 1(0615 6432.1 6123 7656 1231)|

怆。 【明皇唱】

355.6 16 0 i 6 5 3(2312)| 3.5327 6156 111 235

朕不 该, 奸 邪莫辨

216 | 603 21 6.15 6123 453 3(2312 | 3453)656 561

至令逆 贼 狉

5.i 653 | ii 0276 50 640 53 53 5661 | 161.2

狌。

161235 43 23 50 161 232(2123 | 5616535 23 576

561 6535 23 132)1 | 6.61 5564 33 2(1235 2312)|

你玉 殒香 消,

165 3.52123 5(3523 5635)16 | 3320 532

愧恨 难 忘, 【贵妃唱】已沐 恩

1235 21765(54321 2352 1765 | 5635)5 111235

隆 无怨

20327 6123765 | 1231 06165 4.561 6543 |

怅。

4

$\widehat{2\cdot 3}\ \widehat{20}\ \widehat{321}\ \underline{5}\ 017\ \widehat{122}\ |\ 1\ -\ \|$【乙反中板】1=C $\frac{2}{4}$（$\underline{7571}$

$\underline{55}\ |\ \underline{55}\ \underline{5554}\ |\ \underline{2171}$）$\ 044\ \widehat{171}\ (44\ |\ \widehat{171})\ \widehat{12\cdot}\ \widehat{42117}\ |$

【明皇唱】伤心往事　　　铸心

$\widehat{5\cdot(42}\ \widehat{421712}\ \widehat{42117}\ |\ \widehat{5\cdot)2}\ \widehat{11502}\ |\ \widehat{57157}\ (5715)\ 14\ |$

头，　　　　兵变马嵬 悲无　奈，　每一

$\widehat{545457}\ \widehat{1}\ (5457\ |\ \widehat{1\cdot)2}\ \widehat{721217}\ |\ \widehat{5\cdot75}\ (242170\ \widehat{21217}\ |$

回　顾　　　　一断　肠。

$\widehat{5\cdot)25}\ \widehat{24124}\ (25\ |\ \widehat{24124})\ 14\cdot\ \widehat{456}\ |\ 65\ (5654\ \widehat{24145}\ \widehat{61}\ |$

什么万　岁　明君，　　　　

$\widehat{5065}\ \widehat{4)25}\ |\ 4\cdot\widehat{61}\ (47171\ \widehat{0654})\ |\ 41042\ \widehat{465}\ (4524\ |$

坐享太　平，　　　　　至　尊

$\widehat{5)10654}\ \widehat{24565}\ \widehat{412}\ |\ 24\ (241240)\ |\ 5\cdot\widehat{435}\ \widehat{11243}\ |$

无　　　　　　　上。　　　一　朝权势

$2\ (12432\ \widehat{543})\ 47\ |\ 4\cdot\widehat{33}\ \widehat{21757}\ \widehat{12}\ |\ 7\ (57127)\ \widehat{15}\ |$

倾，　　真命天　子悲苦　命，　黯然

$\widehat{2175\cdot7}\ \widehat{1}\ (5457\ |\ \widehat{1)5625}\ |\ 1\cdot\widehat{212175}\ (1217\ |$

收　皇　气，　　难护一红　妆。

$\widehat{50})\ \|$【乙反滚花】$\widehat{77}\ 151\ \widehat{274}\ -\ 4245\cdot\ \widehat{75}\ -\ 1445\cdot\widehat{7}$

但愿马嵬恶 梦喜 惊　回，　羽衣霓裳

$\underline{5}\ 4\ -\ 124\ \widehat{2171}\ \widehat{71}\ -\ (257\ 121\ -)$

曲　再响。　　　　　　【贵妃白】一任贫富尊卑，悲欢聚散，到头来觉
醒，凄然梦一场呀！【明皇白】凄然梦一场？如此说—马嵬祸变—【贵妃白】
是恶梦！【明皇白】长生殿誓盟呢？【贵妃白】是好梦！【明皇白】今宵你我重
逢—【贵妃白】唉！是痴梦！【明皇白】哎呀，好一个痴梦呀！

5

【小桃红】1=G （6̲1̲ 2̲3̲ 1̲2̲3̲ 1̲7̲6̲5̲ 3̲2̲3̲5̲ ⌄ 6̇ - ） 4/4 0̲6̲1̲ 5̲6̲1̇

【明皇唱】孤家爱妃子

3̲5̲ | 6̇ (3̲2̲7̲) 6̲1̲ 5̲6̲1̇ 5̲6̲3̲5̲ | 2 (0̲3̲5̲) 2̲2̲3̲6̇ | 7̲6̲7̲2̇

梦也 痴， 一颗爱 心 与天地永 垂， 两情若

3̲ 3̲5̲3̲2̲ 7̲2̲7̲6̲ | 5̲ 3̲5̲6̲1̲ 3̲5̲6̲1̲5̲ | 5 0̲7̲2̲6̲ 7̲2̲6̲7̲ |

痴,海天高远万里迢 迢，难隔孤心为 卿 去。【贵妃唱】妾身长念 皇

3̲2̲ (5̲) 3̲5̲3̲2̲6̲ 5̲6̲7̲ 2̇ | (2̲7̲6̲7̲2̲3̲5̲) 3̇·5̲ 2̇·3̲ | 6̲7̲5̲6̲

恩， 刻骨深记霓 裳羽 衣， 君 宠爱 妃，沈香亭

7̲3̲2̲7̲2̲7̲2̲7̲6̲ | 5̲ 3̲5̲6̲1̲ 3̲5̲6̲1̲5̲ | (3̲5̲6̲1̲5̲) 5̲6̲5̲3̲5̲3̲

畔羞花闭月舞翻翠袖 时，度着 新曲另有新 意。【明皇唱】 你翻翠袖翻翻

2̲3̲1̲2̲ | 3̲ 5̲6̲1̲5̲·3̲2̲3̲1̲2̲3̲ 6̲5̲ | 3̇·5̲2̲3̲1̲2̲3̲6̲1̇

羽 衣，胜天仙女 百 态千姿。【贵妃唱】君赐 赠翡翠 明 珠，堪一

5̇·(3̲) | 2̲3̲1̲2̲ 3̄ (2̲3̲1̲2̲3̲) 5̲6̲5̲ | 3̲3̲5̲6̲5̲6̲1̲5̲0̲6̲5̲ |

笑 似水月 虚。 妾只有 念念深深记，七

3̇·5̲6̲5̲6̲1̲5̲3̲5̲6̲1̲·(7̲) | 6̲1̲6̲5̲3̲5̲4̲3̲ 2 (0̲3̲5̲ | 2̲3̲1̲

夕 与君 俩无人夜半 私 语 时。【明皇白】在天愿

2̲3̲5̲) 2̲2̲5̲3̲2̲ | 1̲0̲7̲7̲6̲5̲6̲5̲6̲1̲ | 2̄

为比翼鸟！【贵妃唱】痴 心 语，在地愿为连 理 枝。【明皇唱】

0̲3̲5̲ 2̲3̲1̲·3̲2̲1̲6̲3̲ | 5 (0̲1̲7̲) 6̲1̲6̲5̲3̲2̲5̲3̲ | 2̇·

朕与玉 环 在长 生殿 里 痴 心语为情痛誓 词。【贵妃唱】

2̲2̲6̇·2̲7̲2̲6̲7̲ | 2̇·(5̲) 3̲5̲3̲2̲6̲7̲1̲7̲ 2̄ | (3̲2̲3̲5̲2̲) 3̲5̲6̲1̇

永记为 比翼 鸟， 相 思 连 理 枝。 【明皇唱】梦也痴心

3̲2̲3̲5̲ | 6̲ 7̲6̲7̲2̇6̲1̲5̲6̲ | (6̲1̲3̲5̲6̲) 1̲7̲6̲1̲3̲6̲1̲ | 2̄ (0̲5̲3̲5̲)

情 更 痴，月殿再把旧 盟叙。【贵妃唱】纵是梦也堪 追，

6

2 0 2 3 | 1 6 1 2 1 2 3 1 7 6 5 3 5 | 6 6 3 5 2 3 3 5 6 | 6 6
这　世间　有　一　　个痴心 李隆　基,只愿 永留在梦里痴。【合唱】千载

6 5 3 2 1 · 3 3 5 | 5 3 5 · 6 7 6 5 ∨ 6 — | (2̇ 3̇ 2̇ 5 6 1̇ 2̇ | 6 — — —) ‖
相　　叙 在梦里　　　　　痴。

大 断 桥

叶绍德　　　撰曲
曹秀琴　叶幼琪　唱

【反线合尺首板】 1=G 　（5 — 4 — 3 · 4 3 2 1 2 3 5 ∨ 2 — ）1̇ 1̇ 3̇
　　　　　　　　　　　　　　　　　　　　　【旦唱】金山败

3 6 1̇ 5 6 4 5 3 — (6 1̇ 2̇ 3̇) 6 1̇ 5 — 1̇ 1̇ — 1̇ · 2̇ 7 6 5 5 3 5 —
阵,　　　　　　　　　死　里　出生 天。

【反线快二流】 ¼ （5 6 | 4 3 | 2 3 | 5 | 0 4 | 3 2 | 1 3 | 2 1 ）|
0 3 | 6 5 | 5 | 6 | 2 5 | 6 5 | 3 | 6 | 5 5 5 | 4 3 (4
骂 一 句 老 秃 奴怨 一 句 负 心 汉,

3 4 | 3 4 | 3 4 | 3 · 6 | 5 4 | 3 · 4 | 3 6 | 7 2 | 3 · 4 | 3 3
0 4 | 3 3) | 3 | 5 5 | 6 6 6 1 | 2 (3 2 1 | 2 3 | 2 3 |
　　　恨 锁 眉 尖。

2 5 | 4 3 | 2 · 3 | 2 5 | 6 1 | 2 · 3 | 2 2 | 0 3 | 2 2) | 6 1
　　　　　　　　　　　　　　　　　　　　未 老

1 3 | 5 | 0 7 | 6 5 | 6 1 | 5 6 | 3 | 5 (6 | 5 6 | 5 6 | 5 6 |
红 颜,

7

$0\dot{1}$ | $7\dot{6}$ | $5\dot{6}$ | $4\dot{3}$ | $23\dot{5}$ | $0\dot{4}$ | $3\dot{2}$ | $1\cdot 3$ | $2\dot{1}$ | $0\dot{2}$ | $7\dot{6}$ |

$5\dot{5}$ | $5\dot{5}$ | $5\dot{5}$ | $5\dot{5}$) | 5 | 5 | 5 | 5 | 1 | 2 | 2 | 2 | 2 | 1 |

　　　　　　　　　恩　　先　断。

7 | 1 (2 | $1\dot{7}$ | $1\dot{2}$ | $1\dot{7}$ | $1\dot{1}$ | $1\dot{1}$ | $1\dot{1}$ | $1\dot{1}$) | $\dot{1}$ | 6 | 6 | 6 |

　　　　　　　　　　　　　　　　　　　伤　心

2 | 3 | 5 | 5 | 5 | 4 | 3 (4 | $3\dot{2}$ | 34 | $3\dot{2}$ | 33 | 33 | 33 |

无　泪，

33) | 3 | 5 | 5 | 5 | 6 | 6 | 6 | 1 | 2 (2 | 22 | 22 | 22) | 7 |

话　当　　年。　　　　　　　　　　　　　　旧

6 | 6 | 3 | 5 | $0\dot{7}$ | $6\dot{5}$ | $6\dot{1}$ | $5\dot{6}$ | 3 | 5 ‖ 【直转滚花】

地　重　游，

$22\dot{1}\dot{6}12-3\dot{5}-(\dot{5})77\dot{2}6-1-$【音乐】1=G（$1\dot{1}6\cdot\dot{1}\dot{1}65$

沧桑　未改　情　易　变。　　　　【白】唉，重到西湖，

$3432\dot{1}\dot{6}\dot{1}0322\dot{1}\dot{6}1234\dot{3}0\dot{1}653\cdot 56\dot{1}2123565$

往事不堪回首，此际茫茫天地，无处容身，遥见一角小亭，不若稍憩片时，

$0\dot{1}654\cdot 53432^{\vee}1-\dot{1}\cdot 23651\dot{2}\dot{1}50\dot{1}6540$)

再作打算。　　　　　　　　　　　　　　【生白】

　　　　　　　　　【先锋钹】【音乐】1=G $\frac{2}{4}$（2313

娘子！（$3-30$）娘子！（$\dot{3}-$）　【旦白】唏，冤家听信馋言，还敢

2313 | 23132313 | $2-$ | $5-$ | $6\cdot\dot{5}$ | $656\dot{1}$ | $5-$) ‖

到来缠我，待我一剑！【生白】唉，娘子呀，你且息雷霆之怒，待我剖心相告！

【秦腔牌子曲】1=G $\frac{2}{4}$ 1032 | $6\dot{5}121$ | $50\dot{1}$ | 654 | 03251 |

　　　　　　　　　【生唱】禁　锁　佛门似哀　蝉，偷　偷摆脱　世俗森罗

8

2 0 5 | 4 3 2 1 2 4 3 | 2　　　0 7 | 6 7 6 5　4 | 0 i 6 5 6 4 3 |
殿，风　雨劫后重见　　面。【旦唱】唉　芳心　碎，　不堪藕丝已断

2 3 1 3 2 (5 6 1 | 2 6 i) 5 5 | 1 2 4 3 2 | (0 6 i) 5 5 | 1 2 4 3 2 |
尚　还　连。　　　　【生唱】相思　难　灭，　　恩深　难　断，

(0 4) 3 4 2 1 | 7·(1) 2 4 2 1 | 7　　7 6 5 | 1 2 1 5 | 0 i 6 5 |
生　不　变，　　死不　变，【旦唱】你为何　去参　禅？心惊胆

4 0 3 2 | 5 1 2 | (0 6) 5 5 | 1 2 4 3 2 |　　0 4 5 5 | 1 2 4 3
颤，怕会　妻房面。【生唱】皈依　谁　愿？【旦唱】你心甘　情

2·(5 | 4·) 3 2 4 2 1 | 7·　　1 2 4 2 1 | 7 7 6 5 | 1 2 1 5 |
愿！【生唱】我遭　拘　禁。【旦唱】你休欺　骗，缺月　永不　圆。

0 i 6 5 | 4 0 3 2 | 5 1 2 ‖【乙反长句二黄】1=C 4/4 (0 6 5
【生唱】剖心沥　血，痛恨　不容辩。

4 3 2 5 1 | 2 1 2 4　5 1 7 1 2 4 2 1　7 1 2 4 2 1 1 7　5 6 4) 7 7 |
　　　　　　　　　　　　　　　　　　　　　　　　　　　　　　　　　【旦唱】二月

2 4 1 7 5 1 7 1 2 5 5 1 5 4 3　2 (4 5 4 3) 7 5 | 1 7 6 1 7 5 5 4 7 1 7
西　湖托　所　天，　五月端

4·7 2 4 5 2 4 | 0 2 4 2 4 5　7 5 7 1 2 4 5 5 1 5 4 3 2·(2 4 |
阳　生祸　变，

5 5 3 4 3 2 1 0 2 4 5 5 1 5 4 3　2) |【清唱】7·4 4 4 5 7 7 |
　　　　　　　　　　　　　　　　　　　入　死出生　求活命，

1·1 5 1 1 2 4 5 5 2 |【入乐】2·(6 5 4) 2 4 4 6 5 6 4 5 (6 i
仙　山盗草起长　眠，估道　　续　　命　有仙　方，

9

5 6 5) 5 7 | 7· 1 2 6· 7 6 5 4 0 2 4 2 4 5 7 2 1 7 | 5· 7 5 7 5 4

谁料 续　　　情 无

2 4 2 0 4 5· 7 5 7 1 2 | 7 5 7 0 1 2 4 | 1 (6 5 4 2 4 5 6 2 1 6 5 4 2 1

红　　　　　线。

7 5 7 0 1 2 4 1 2 7 1 7 1 2) | 4· 5 2 4 5· 4 6 1 5 6 1 (6 1 5 6 1) |

【生唱】法　海　恃强　梁,

1 2 4 5 5 4 5 4 2 1 2 4 1 2 (6 1 5 5 1 2 4 3) 1 7 1 | 7 1 5 7 5 7 1

存　心将爱　　　　断,　　　佢恨你 赠

2 (4 7 1 2· 4) 2 4 2 1 7 (5 4 2 4 2 1 7) 7 1 | 7 1 4 2 1 1 7 5 4 5

医　　施药,　　　弄到寺

1 7 1 2 5 4 2 (4 7 5 7 1 | 2 4 3 2) 2 5 4 5 4 2 1 0 2 4 5 5 1 5 4 3 |

观　　　　少香

2 (5 5 4 2 1 0 2 4 5 5 1 5 4 3 2·) 4 | 5 5 1 6 5 4· 4 6 5 6 ⌣6 5 |

烟。　　　佢逼 我 上金　山,

(6 1 5 −) | 4· 3 2 4 2 0 1 6· 7 6 5 4· 5 | 4· 5 6 1 5· 6 5 4

鸳　鸯　两地 凉

2 4 2 0 4 5· 6 1 7 | 6 7 6 5 4 5 2 4 5 − ‖ (2 − 6 − 5 0)【乙反滚花】

他说你原是蛇 魔 幻 化　　　身!

5 5 4 1 2 1 5 − 2 − 4 4 5 6 6 ⌣6 5 − (5 1 6 4 5) 7 1 1 1 5 4 4 −

他说你原是蛇 魔 幻 化　　　身!　　　我始终不受危言

1· 5 7· 5 7· 5 7 1 2 5 4 2 1· 2 1 7 5 7 1 −【正线二黄】1=C 4/4

欺 骗。

10

0 6 2 | 6 2 3 1 2 7 6 5 2 (3 2 2) 5 6 | 5 · 3 2 6 7 2 5 3 (5
任他　舌灿　莲花，　　　难断　连　　枝，

2 6 7 2 | 3 5 3) 5 6 1 3 2 1 7 6 5 7 6 5 | 1 (3 5 3 2 7 2 7 6
比翼　　　　　　　　　鸟，

5 7 6 5 1 2) 1 2 | 6 5 6 1 2 0 6 5 6 (7 6 6) 5 6 | 1 2 7 6 5 3 5
正苦　断　钗　难续，　尤幸　破

1 7 1 · (7 6 1 5 | 1 7 1) 5 1 0 3 2 7 6 2 7 6 | 5 (6 5 3 5 2 3 1
镜　　　　重　　　　　圆。

3 5 6 1 5 3) 2 2 | 5 0 1 6 5 4 0 4 | 5 6 1 0 ‖ 【士工滚花】4 4
夫妻　相　爱贵真诚，　　　　　　　我两

5 2 5 3 2 ²1 6 1 (6 1) 5 4 - 5 4 2 1 · 2 4 4 2 - 4 - (4 - 2 · 4
心地光　明尘　　不染。

2 1 7 1 6 5 4 -)【五捶长句滚花】(3 5 2 3 1 -) 3 1 - 1 3 5 2
【旦白】夫妻相爱贵真诚嘛！　　　　　　　【旦唱】一语　似雷霆，低

5 2 7 6 2 3 1 6 1 3 3 5 · 6 7 6 - 2 6 5 3 3 2 1 1 1 3 5 2 6 1 5
头心　自忖，　自愧不应瞒　俊彦，怎奈难将身　世对郎　言，倘若两情

3 2 7 6 7 6 (6 -) 6 2 6 2 3 7 6 6 1 - 2 1 3 5 ——
经　百练，　　　谅他未因　异类便　生　嫌。

【双星恨音乐衬白】【生白】娘子，你何故沉吟自语呢？【旦白】许郎，妾本
卑微，自知非匹，玉蒙眷顾，今时宁敢不以真情相告呢，我……【生白】娘
子，我两情深夫妇，有话但讲不妨呀，你又何必吞吞吐吐呢？【旦白】唉，许
郎！

【滚花】1 5 6 (6) 1 5 6 2 5 2 7 6 6 5 3 2 - (5 - 4 - 3 - 2 -)
【唱】我原是、　　我原是千年修　炼白蛇精，【生白】吓——

2 2 3 3 7 6 2 6 2 6 6 (6 -) 7 2 · 3 5 6 4 · 5 3 · 4 3 2 1 2 3
你记否端　阳我曾把原形　　现。

11

3 2 − (1 − 6·i 6 5 3 5 3 2 1 0 6 1·2 3 5 2 −)【双星恨】1=C ４／４

【生白】娘子饶命！娘子饶命！【旦白】许郎！

(0 5 4) 2 5 4 2 4 | 1 (2 1) 7 1 2 4 2 1 7 5 7 1 | 2·(5) 4 5 4 2

【生唱】欲　壑难　填，　　尚记杯弓醜态俗　世显，　错招惹孽

1 2 4 1 2 1 7 | 5 7 5·7 5 5 1 2 5 4 4 2 | 2·(5 2) 6 5 4·5

缘，摧肝破胆冷汗　淋　漓，望　娥眉放许　仙。　　【旦唱】吞声咽

2·(5) | 4 2 4 2 4 5 5 2 4　2 4 2 1 | 7 1 7 0 2 1 7 7 0 1 | 2 4 2 4 5

泪，　　悔恨爱慕世间属眷，愿弃仙班　列　位，不再练道　与　修　仙，寻

7·1 2 4　1 7 5 | 7·1 2 4　1　　5 7 1 2 4　1 7 | 6·(7

觅　知音侣，同　效　双飞　燕。【生唱】无奈　恩深　偏铸　恨，

6 7) 6 5 4 5 2 1 2 4 | 5·(4) 2 1 2 4 5 6 4 ⁶5 | (2 1 2 4 5 i 7)

夫妻到底是　有　渊，　俗人未配高攀绛　仙。　　　【旦唱】

6 1 6 5 4 5 6 1 | 5 (5 4) 2 1 2 4 5 (5 4)　2 1 2 4 | 5 (5 6) 1 1

冰　心节贞　坚，　　未迷惑众生，　　未为祸世　间，　　夫君

6 1 6 5 4 5 6 1 | 5·(6) 5 6 5 4　2 4 2 0 4 | 5 5·5 1 (2 4)

一丝一发　未有轻　损，　　可惜竟以异　类暗　生嫌，仿似

5 4 5 6 | 4·(5) 4 5 4 2 1　2 4 1 2 1 7 | 5 7 5　5 5 1 2 5 4 4 2 |

董永天仙　配，　痛哭百日缘，忍　痛　袂别　檀　郎，无言暗生　酸。

2·(5 2) 6 5 4·(5) 2·(5) | 4 5 2 4 2 4 5 2　4 5 2 4 2 1 | 7 1 7

【生唱】衾枕数　月　　往　事怕　追念，忍　心捐秋　扇，

0 2 1 7 7 (7 7) 1 | 2 4 2 4 5 7·1 2 4 1·5 | 7·1 2 4 1 7 5

泣诉话别　暗　将衣牵，遥望　天边远，何　日　得相见？唯

7·1 2 4 1 2 1 2 | 6 0 6 5 4 5 4 2 1 2 4 | ⁶5·(4) 2 1 2 4 5 6 4

望　似双星每载到七　夕，金风送爽　会桥　　边，　牛郎会见织　女

12

5 | $\frac{1}{4}$ (5) | 64 | 5·4 | 24 | 5 | 64 | 5·4 | 24 | 5 | 65 |

仙。【旦唱】恩似 海，　　恨似 渊，因爱 夫，我　愿履 险，水浸

65 | 456 | 6̌5 | 45 | 45 | 42 | 12 | 17 | 55 | 07 | 124 |

金山惹 争 端，法海 有心 拆良 缘,枉 我为 檀郎　暂决死

1 | 24 | 117 | 57 | 1 | 24 | 117 | 57 | 1·(7) | 51 |

战,鸳鸯 侣，　情义 变，悲身 世，　徒自 怨，　长叹

51 | 71 | 71 | 25 | 42 | 12 | 1 | 67 | 65 | 4 | 5 | 454 |

劳燕 梦远 路远，共君 再会 来 年，他朝 春归 送子 了

2124 | 6̌5 ‖ （2 - 4 - 5 - ）

孽　　冤。　　　　　　　　　　【旦白】许郎珍重,妾身去矣!

【乙反中板】　1=C　$\frac{2}{4}$　（7571

【生白】哎呀!娘子慢行,娘子慢行!

55 | 5575 4 | 2171) | 0277·71（27 | 7）42421

　　　　　【生唱】一段骤　雨

7124 2117 | 5（2421 7124 2117 | 5）17 545

　　　　　缘，　　　　　　　　　数月 同

2171（57 171）44 | 5·771（57 | 71）11 714

衾 爱，　　　夫妻 同 患难，　　　生死 永 相

5（11 714 | 5）24 （224）465 456 | 5（42456 654 561 |

连。　　淑妇　世间　稀，

52421）771 | 4245（24 565）74 | 45 071 2（4571 |

异类 胜凡 人，　　佛口 假慈　悲，

2）545 4 5451 | 71（545 4 5451 | 71 51 171（51 | 171 765）

蛇心 原　至 善。　　　　来岁 送

13

4 5 2 4 | 5 (1 1 6 1 6 5 4 5 2 4 | 5) 1 7 5 | 5 7 1 (5 7 1 7 1) 7 5 |
儿 还， 永受无 娘 痛，【旦唱】旧弦

2 1 7 5 7 1 2 | 7 (5 7 1 2 | 7) 4 1 5 1 4 | 5 【七字清】1 | $\frac{1}{4}$
虽 断， 尤可续新 弦。【生唱】太

0 6 5 | 4 5 | 0 4 2 | 0 1 2 | 7 1 | 0 6 | 0 5 | 5 7 | 0 1 | 0 2 4 |
上 忘情 非 我 愿， 但 求 人月 永 相

5 6 5 | 0 4 2 | 0 1 | 4 5 | 0 5 | 0 4 2 | 1 7 1 | 0 6 | 0 5 |
圆。【旦唱】心 碎 难缝 无 针 线， 自 惭

5 7 1 | 0 6 | 0 2 4 | 5 7 5 ‖ 【乙反滚花】1 7 4 4 2 4 2 1 7 7
形 秽 误 英 贤。 【生唱】我 愿朝朝 暮暮

6 7 6 4 2 5 7 5 (5 -) 【正线】2 6 3 3 2 7 6 1 3 5 - 1 · 2 1 2
伴 蛇 眠， 好 待冰肌 永在 郎 怀 暖。

3 3 2 2 — 【反线二黄连板面】1=G $\frac{4}{4}$ 0 6 5 3 5 3 5 6 1 |
【旦白】许郎夫！ 【旦唱】咫尺恨隔万 里天边

5 6 5 0 6 5 3 5 3 5 3 2 | 1 3 6 1 2 3 5 2 1 2 3 4 4 | 0 1 6 5 3 3
远， 复水未许再 收，偷偷 顾影泪暗涓，为怕郎 情 冷暖， 心中暗历乱，

0 3 5 2 3 5 (1) | 6 5 0 5 6 1 2 3 1 (5 3 2 1) 6 5 1 1 | 2 3 1 2 3 · 2
慧剑横挥 忍割 雨中缘。【生唱】搵拜尘埃 陪 罪，盟

3 5 6 7 6 · 3 2 7 | 6 5 1 (6) 5 1 3 5 6 7 6 (0 3 2 7 | 6 6 6 7
誓似 金坚，痴心化 蝶绕 红裙艳。

6 1 5 6 1 · 6 5 6 1 3 2 3 5 6 7 6) 6 3 | 3 5 6 1 6 1 6 · 1 6 5
【旦唱】依旧 断 桥 边，

3 (2 3 1 2 | 3 4 5 3) 6 5 4 3 2 1 2 (3 5 2 3 2) 2 1 | 1 · 3 2 3 2 1
忆 初 见， 转眼 往

$\widehat{6\cdot\underset{\cdot}{1}5}$ $\overline{6\underset{\cdot}{1}}$ $\overline{2\,3}$ $\overline{4\,5\,3}$ $(\overline{2\,3\,1\,2}$ | $\overline{3\,4\,3})\overline{5\,6\,5}$ $\overline{6\,5\,6\,\underline{\dot1}}$ $5\cdot\underline{\dot1}$ $\overline{\dot1\,6\,\dot1\,6\,5\,4\,3}$ |

事　　　　　　　　化　轻

$\overline{6\,5\,4}$ $\overline{3\,2\,3\,5}$ $\overline{2\,3\,2\,1\,6\,1}$ $\overline{3\,\underset{\cdot}{2}}$ $(\overline{2\,1\,2\,3}$ | $\overline{5\,6\,\dot1\,6\,5\,3\,5}$ $\overline{2\,3\,5\cdot}$

烟。

$\overline{5\,6\,\dot1\,6\,5\,3\,5}$ $\overline{2\,3\,1\,2})$ | $\overline{\dot1\,6\,\dot1\,5}$ $\overline{0\,2\,7}$ 6 $6\cdot$ $(\overline{\underset{\cdot}{3}\,2\,7}$ | $\overline{6\,6\,6\,7}$

秋　雨　春　风，

$\overline{6\,\dot1\,5\,6\,\dot1\,7\,6\,5\,6\,\dot1\,3\,2\,3\,5\,6\,7\,6})$ | $\overline{6\,5\,3\,2\,\dot1\,0\,3\,0\,5\,6\,\dot1}$ $5\cdot$ $(\dot1)$

伤　聚　散，

$6\cdot$ $\overline{\dot1\,6\,\dot1\,6\,5}$ | $\overline{3\,4\,3}$ $\overline{3\,2\,3\,5\,6\,\dot1}$ $\overline{5\,6\,\dot1\,\dot1\,3\,\dot1}$ $\dot1\cdot\underline{\dot2}$ $\overline{7\,6}$ | $\overline{5\,6\,5}$

$(\overline{0\,6\,\dot1\,6\,5}$ $\overline{3\,5\,3\cdot\underline5}$ $\overline{3\,2\,3\,2\,3\,5}$ | $6\cdot\overline{\dot1\,5\,3\,5\,6\,\dot1\,\dot1\,3\,\dot1}$ $\dot1\cdot\underline{\dot2}$ $\overline{7\,6}$

$\overline{5\,6\,\dot1\,5})\,1$ | $5\cdot\overline{6\,4\,3}$ $\overset{3}{\underset{\frown}{2}}$ $(\overline{0\,3\,7\,6})$ $\overline{5\,6\,7\,2\,6}$ $(\overline{3\,5\,6\,7\,6})\,\overline{6\,\dot1}$ |

【生唱】叹　悲　欢　离　合，　　令我

$\overline{\underset{\cdot}{3}\,2\,0\,7\,6\,5}$ $3\cdot\overline{5\,\dot1\,\dot2\,7\,6}$ 5 $(\overline{6\,7\,6\,5}$ $3\cdot\overline{5\,\dot1\,\dot2\,7\,6}$ | $\overline{5\,6\,3\,5})$

肝　　　肠

$5\cdot\overline{\dot1\,6\,5\,4\,3\,2\,3\,1\,2}\cdot\overline{3\,2\,3\,4\,3\,4\,3\,2}$ | $1\cdot(\overline{\dot1\,6\,5\,3\,5\,2\,3\,1\,2}\cdot3$

寸　　　　　　　　　断。

$\overline{2\,3\,4\,5\,3\,4\,3\,2\,1\,2\,3})\overline{3\,5}$ | $\overline{2\,2\,3\,1}$ $\overline{3\,0\,5\,6\,\dot1}$ 5 $(\overline{3\,5\,6\,\dot1\,5\,6\,3\,5})$ |

【旦唱】多情　宛　似　无　　情，

$\overline{3\,2\,3\,5\,2}$ $\overline{3\,2\,7\,6}$ $\overline{3\,5\,3\,2\,1\,2\,3\,5}$ $2\cdot(\overline{3\,5\,6})$ | $7\cdot\overline{6\,3\,5}$ $\overline{0\,6\,6}$

相　见　争　如　不　　见，　别　恨　绵绵　柔情

$2\cdot\overline{2\,1\,2\,3\,5\,2}$ 5 1 | $\overline{6\,5\,6\,\dot1}$ $\overline{\dot1\,6\,1}$ $\overline{2\,0\,3\,4\,5\,3}$ $(\overline{2\,3\,1\,2}$ | $\overline{3\,4\,5\,3})$

寸，　　寸，永留　心　　底

$\overline{5\,3\,5\,6\,\dot1}\cdot(\overline{3\,5\,6\,\dot1\,0})$ | $^{\text{廿}}\overline{3\,5\,6\,7\,2\,6}$ $\overline{\dot1}$ $\overline{5\,6\,5}$ $-$ $\frac{4}{4}$ $\overline{0\,6\,5\,3\,5}$

有　苦　还　甜。　　　　　　春至　旧侣

15

$\widehat{6\,5}\,6\,\dot{1}$ | $\widehat{5\,6\,5}\,0\,\widehat{6\,5}\,\widehat{4\,3}\,\widehat{4\,5}\,\widehat{3\,2}$ | $1\,(6\,5\,3\,5)\,\widehat{2\,1}\,\widehat{2\,4}\,\widehat{1\,2}\,\widehat{7\,6}$

宿新　燕，　　　应知世事永　难　全，　　愿留未了情，

$\widehat{5\,2}\,\widehat{7\,6}$ | サ $\overset{2}{\widehat{\tau}}\,\widehat{1}\,(1\,2\,3\,5\,6\,-\,7\,-\,\dot{2}\,-\,5\,-\,6\,-)$

长锁世外　天。　【生白】娘子，多情不是偏多别！【旦白】怎奈别离只为

【秃头焚稿词】1=G $\frac{4}{4}$　$6\cdot\dot{1}\,\widehat{6\,5}\,\widehat{5\,3}\,\widehat{2\,1}\,\widehat{2\,3}\,5$ | $6\cdot\dot{1}\,\widehat{5}\,6\,7$

多情设呀！　　　【生唱】一　番　情　劫　心　更

$6\,(\widehat{6\,1}\,\widehat{5\,1}\,\widehat{6\,5})$ | $\widehat{3\,2}\,\widehat{3\,5}\,6\,\widehat{6\,1}\,\widehat{6\,5}\,3$ | $\widehat{5\,6}\,\widehat{1\,6}\,\widehat{1\,2}\,3\cdot(\widehat{5\,6}\,\widehat{5\,6}\,\dot{1})$ |

坚，　　　祸　福相　共　两同　愿。【旦唱】

$5\,0\,\widehat{3\,2}\,\widehat{2\,1}\,\widehat{2\,3}\,5$ | $\widehat{5\,5}\,\widehat{3\,5}\,\widehat{3\,2}\,1\,(\widehat{3\,2}\,\widehat{3\,1}\,\widehat{3\,2})$ | $\widehat{7\,2}\,0\,5\,6\,(5\,3\,5$

却　愁尘　世　风刀霜　剑，　　　恨到　何年？

$\widehat{6\,5}\,6\,\dot{1})$ | $\widehat{2\,3}\,\widehat{1\,5}\,\widehat{1\,3}\,5\,6\,(1\,3\,5\,6)\,\widehat{3\,2}$ | $\widehat{7\,2}\,\widehat{3\,2}\,\widehat{7\,2}\,6\,(2\,1\,5$

苦到何　年？【生唱】倘我　负　心　时，

$\widehat{6\,3\,2})$ | $\widehat{7\,2}\,\widehat{6\,7}\,\widehat{2\,3}\,\widehat{2\,1}\,\widehat{7\,6}$ | $\widehat{7\,2}\,0\,\widehat{3\,4}\,\widehat{5\,3}\,(\widehat{3\,5}\,6\,\dot{1}\,\widehat{6\,5})$ | $\widehat{3\,5}$

浴　血尸　横任挞　鞭。　　　【旦唱】口

$\widehat{2\,3}\,\widehat{2\,7}\,6\,(2\,1\,5\,\widehat{6\,2\,1})$ | $\widehat{3\,2}\,0\,\widehat{5\,3}\,\widehat{2}\,1\,(5\,3\,2\,1\,5\,6\,1)$ | $\widehat{2\,3}\,\widehat{2\,7}$

中　话，　心中　血，　　　吓坏

$\widehat{3\,5}\,\widehat{3\,2}\,\widehat{1\,2}\,7$ | $6\,(5\,3\,5\,6\,\dot{1}\,7)$（稍快）$6\cdot\dot{1}\,\widehat{6\,5}\,\widehat{3\,5}$ | $\widehat{2\,1}\,\widehat{2\,3}$

钗　钿。　　　　　【生唱】恩　深　情

$5\,(\widehat{6\,1})\,\widehat{6\,1}\,\widehat{5}\,6\,7$ | $6\,(\widehat{6\,1}\,6\,5\,3\,5)\,\widehat{3\,2}\,\widehat{3\,5}\,6$ | $\widehat{6\,1}\,\widehat{6\,5}\,\widehat{3}\,6\cdot5$

厚　可对　天，　　　愿乞花　月永

$\widehat{1\,6}\,\widehat{1\,2}$ | $\overset{4}{3}\,(\widehat{2\,3}\,\widehat{5\,6}\,\widehat{5\,6}\,\dot{1})\,5\cdot\widehat{3\,2}$ | $\widehat{2\,1}\,\widehat{2\,3}\,5\,(\widehat{6\,1})\,\widehat{5\,5}\,\widehat{3\,2}$ |

婵　娟。　　【旦唱】偎　郎　怀里　芳心

$1\,(\widehat{3\,2}\,\widehat{3\,1}\,\widehat{3\,2})$（稍慢）$\widehat{7\,2}\,0\,5$ | $6\,(5\,3\,5\,6\,5\,6\,1)\,\widehat{2\,1}\,\widehat{3\,1}\,\widehat{3\,5}$ |

颤，　　　　　月缺重　圆，　　　偕老林

6̣ (6̣6̣1235) 6·1̇265 | 3·5235 61̇2̇·3̇7̇2̇6̇1̇ | 5·(5
泉。　【生唱】雾　雨收只见　月　　　　　上、月上东　山照　人　　圆。

6561̇) 2̇·2̇1̇7̇6 | 5356̇1̇ 6̇1̇5·64·654 | 3 (561̇
【旦唱】抛　苦恼　　忘　恨怨，春山展　舒笑　　　　面，

5645) 32̇1̇7̇6 | 2̇3̇1̇2̇3̇ 653235 　　　6543 | 2 (351̇
轻推半　就贴香　　肩，一对俪　影【合唱】恩爱百　年。

6543) 23453(2̇1̇7̇) | 6̇1̇5356 　　1̇7̇6̇1̇654532 |
【旦唱】离合有　定，【生唱】解　语　花，【旦唱】终　身　　靠郎

1 (111235) 6·1̇2̇3̇2̇ | 1̇ (361235) 6̇1̇652123 |
怜。　【合唱】共　化海　燕，　　　　【生唱】地老天荒情　莫

5 (1̇6532765) 6·1̇2̇3̇2̇ | 1̇ (1̇1̇1̇2̇1̇7̇) 6̇1̇65 |
变。　　　　　　　誓　比金　坚。　　　　【旦唱】花　放

352312 | 3 (1̇61653) 1̇2̇6·(1̇2̇3̇)1̇1̇2̇ | 323 |
并头　艳，　　【生唱】笑拥月　　　　里　仙。【合唱】

032̇1̇·(2̇)7̇27̇6 | 5·(55555)561̇2̇·3̇ | 765 - ‖
双飞去　世　外　源，　　梁孟　永相　　　眷。

(61̇2̇3̇72̇6̇ᵛ5 ——)

17

朱弁回朝之送别

叶绍德　　　　　撰曲

陈笑风　林锦屏　唱

【小桃红】1=G　4/4　　0 0 3 6　5 6 1　3 5 7 ｜　6 0 6 6　5 6 5　3 2 3 5 ｜

　　　　　　【生唱】六载 冷山　受雪　　风，一朝脱险　破囚

2（0 3 5）2 2 3 6 ｜ 7 6 7 2　3·2 3 5 3 2　7 2 7 6 ｜ 5　5 5 5 6 6 1 ｜

笼，　　　心　头　自　　喜似飞　箭凌　　风，策马挥　鞭

6 6 1 5 ‖

好归　宋。　【旦白】慢走！【生白】啊！公主啊！【旦白】朱状元！【生白】公主

此来……【旦白】送兄回国。【生白】送我？公主困深宫，怎得来相送？【旦白】

求得父王能答允，一马快如风。【生白】难得今天再相逢。【旦白】一诉离情千万

种。【生白】贤妹呀，看你带病之身，还当保重呀！【旦白】贤兄你关心了。

【乙反滚花】（2 4 5 7 2 1 －）7 2　2 1 1　2 4 2 1 7　5 1　2 4 5 1　0 6

　　　　　　　　【旦唱】但得 亲眼 见兄　　　回宋，妹 当含笑　在

1 4 － 1·2 1 2 1 7 7 5 7 5　－

九泉　中。　　　【生白】贤妹何出此言呀？【旦白】贤兄回国，虽死犹甜啊！

【前腔】（1 2 4 1 2 4 5 －）7 4 － 2 5 1　6 6 5 4 5 － 2 6 4 5 5 －

　　　　　　【旦唱】六载　金兰结 义　　　情，此后重逢投

4 7 5 7 1 －（2 4 5 7 1 －）4 1 2 4 5 4 4 7 1　1 5 2 1 4 2 1 1 2

春梦。【生白】贤妹！【唱】山纵高来　海虽　阔，也难比妹　　对我

4 4 5 － 6 5 6 1 4 5 －（1 2 1 4 5 －）7 5 2 1 2 6 5 4 5　5 2 2 1 2

情隆。　　　　　　　　　　　　六年厮守　为　谁来？愚兄

18

7̣ 7̣4 - 42217̣17̣1 - $\frac{4}{4}$（66̣11 22412 | 40 32·4

罪孽多　深　重。　　　　【旦白】贤兄！【生白】贤妹！【旦白】

26̣ | 2021217̣ | 605456̣ | 66112212 | 403224

冷山之中未诉离情，今日贤兄回国，有何嘱咐呢？【生白】唉，正是千头万绪，

26̣ | 2021217̣ | 6̣·5456̣ | 66112212 | 403224

不知从何说起，总觉为了愚兄之事苦坏了贤妹。【旦白】为了贤兄苦也何妨呢。

26̣ | 2021217̣ | 605456̣ | 0212176̣ | 05456̣ - ）‖

【生白】六年岁月，贤妹如何度过呢？【旦白】又有什么呢？唉！

【深宫怨】$\frac{4}{4}$ 527654245·（6245）| 22653561·3216

【唱】言不尽断 肠　词，　　　歌不尽离 愁　痛，

1 | 1165676·（5456）| 254245 6·12·421 | 616

相思 何 结义，　　　环佩月明　中。

5245676（02421 | 6661612 4245676）| 24216

　　　　　　　　　　　　　　　　　　　　孤凤

765 5·（6245）| 655216·1241·276 | 525·617

恨离 鸾，　　　六年同一 梦。　　　红绡难 寄

6·（5456）| 21754352·（3）1·253 | 2357·235

泪，　　　洒向 玉 壶 中。

3227 2（2123 | 561653 5 23765·6 5616535

2312）26 ‖【长句二黄】552 1112612（123 5 2312）62 |

写下　　鸾 书百数 封，　　　就写

19

$\widehat{6 \cdot 7} \quad 2 \quad \widehat{2 \quad 2} \quad 5 \quad 6 \quad \widehat{7} \quad (2 \quad 2 \quad 5 \quad 6 \quad \widehat{7 \quad 6 \quad 5 \quad 6 \quad 7}) \mid 3 \cdot \underline{2} \quad 5 \quad 7 \quad \widehat{6 \quad 2 \quad 7 \quad 6 \quad 2 \quad 7 \quad 6}$

就　烧不敢　奉，　　　防　哥名节受污

$5 \quad (\widehat{7 \quad 2 \quad 7 \quad 6} \quad 5 \quad 6 \quad 3 \quad 5) \mid 3 \cdot \underline{3} \quad 3 \quad 6 \quad \widehat{6 \quad 2 \quad 7 \quad 2} \quad 3 \quad 5 \quad 2 \quad (\widehat{6 \quad 2 \quad 7 \quad 2} \quad 3 \quad 5$

蒙，　　　　　　一　点精灵 无处　　送，

$2 \quad 3 \quad 1 \quad 2) \quad 6 \quad 2 \mid 3 \cdot \underline{2} \quad 3 \quad 2 \quad 7 \quad 2 \quad 3 \quad 0 \quad 3 \cdot \underline{5} \quad 3 \quad 2 \quad 7 \cdot \quad (2 \quad 7) \mid \widehat{6 \quad 2 \quad 2} \quad 1 \quad 7 \quad 6$

唯有祝　　　君康　健，　　　　　夜

$5 \quad 3 \quad 5 \quad 6 \cdot \underline{7} \quad 1 \cdot \quad (\widehat{7} \quad 6 \quad 5 \quad 6 \quad 1 \quad 5 \cdot \underline{7} \mid \widehat{6 \quad 7} \quad 6 \quad 5 \quad 1) \quad 2 \quad \widehat{6 \quad 2} \quad 7 \quad 6 \quad (2 \quad 7$

夜　　　　　　　　　　　　　拜 蟾

$6) \quad 5 \quad 3 \quad 5 \quad 3 \quad 2 \quad 1 \quad 2 \quad 3 \quad 7 \quad 6 \quad 5 \quad 6 \quad 1 \mid \widehat{3 \quad 2} \quad (2 \quad 3 \quad 2 \quad 7 \quad 6 \quad 7 \quad 2 \quad 6 \quad 3 \quad 2 \quad 1 \quad 2 \quad 7 \quad 6 \quad 5 \quad 6 \quad 1$

宫。

$2 \quad 5 \quad 3 \quad 1 \quad 2) \quad 2 \quad 7 \quad 2 \mid 2 \quad 2 \quad 0 \quad 3 \quad 7 \quad 6 \quad 5 \quad 6 \quad 3 \quad 5 \quad 6 \quad (3 \quad 5 \quad 6 \quad 7 \quad 6) \quad 3 \quad 6 \mid$

更望你　壮志　能　酬，　　早日

$5 \quad 0 \quad 5 \quad 3 \quad 2 \quad 7 \quad 2 \quad 2 \quad 0 \quad 3 \quad 4 \quad 5 \mid 3 \quad (5 \quad 4 \quad 3 \quad 5 \quad 2 \quad 2 \quad 2 \quad 2 \quad 2 \quad 5 \mid 3 \quad 5 \quad 2 \quad 5 \quad 3)$

重　兴

$\widehat{6 \quad 1} \quad 5 \quad \widehat{6 \quad 1} \quad 5 \quad 6 \quad 1 \mid 2 \quad 3 \quad 2 \quad 1 \quad 2 \quad 7 \quad 6 \quad 5 \cdot \underline{7} \quad 6 \quad 1 \quad 5 \mid 1 \,\text{【序】}\, \widehat{6 \quad 2} \quad 7 \quad 6 \quad 5$

大　　　　　　　　　　宋。　六　年

$5 \quad 3 \quad 2 \quad 7 \quad 6 \quad 1 \parallel \,\text{【沉花下句】}\, (7 -) \quad 7 \quad 7 \quad \widehat{7 \quad 6} \quad 7 - 2 \quad 7 \quad 6 \quad 1 - 5 \quad 5 -$

如一　梦。　　　　　　　　　　　【生唱】哎呀呀，　此　恨　无　穷。

$\widehat{6 \quad 5} \quad 6 \quad \widehat{6 \quad 5} \quad 4 \cdot \quad \underline{5} \quad \widehat{5 \quad 6} \quad 5 \quad 6 - 6 - 5 - \,\text{【乙反流水南音】}\, \frac{1}{4} \quad 0 \quad 4 \quad 1 \mid 7 \quad 1 \quad 2 \mid$

妹你　六载

$2 \quad 4 \quad 5 \quad (2 \quad 4 \quad 5) \mid 4 \quad 4 \quad 3 \quad 2 \mid 7 \quad 1 \quad (1 \quad 7 \quad 1) \mid 4 \quad 5 \quad 4 \quad 2 \mid 1 \quad 5 \quad 5 \quad 4 \mid 2 \quad 6 \quad 1 \mid$

饱 尝　　凄酸　梦，　那堪　长锁　玉笼

5·(4242)｜45｜51(571)｜421｜71(171)｜25｜

中，【旦唱】解愁　唯有　　将诗　诵，　　新词

57(757)｜1654516｜5(545)｜5655｜57(717)｜

填就　　　送流　红。【生唱】黄　河　难汇

557｜241(171)｜42424｜57(717)｜1175｜4·3(242)｜

长江　水，【旦唱】洒将　　情泪　寄　遥空，【生唱】

442｜142117｜5·1｜71　　45｜42421｜7142｜

妹妹　对哥　情太　重，【旦唱】难谐　鸳鸯　梦，鸳

0421｜7571｜175｜51(昌)｜1712｜424·5｜2·421｜

鸯　梦。　也　求　来世　再　　相

71242116｜5‖（6－1－5－6·1654·65·643

逢。　　　【生白】来世？贤妹此言，愚兄心碎了。

2－456276 5－)【乙反减字芙蓉】2/4（0242）21｜7217

【旦白】请恕愚妹失言呀！　　　　　　【旦唱】不敢　再伤

57｜1026｜212654｜121275(1217｜557571

离别　痛，休令　归使　滞行　踪。

565654　｜241541245)411｜17124｜5(昌)｜

　　　　　堪叹我　有路已不能　回。【生白】

111·15217｜2·4217 1(2124｜

吓此话怎解呀？【旦唱】我故国　已成荒　冢，

11421241 42116｜5·42171·)44｜421505715｜

　　　　　　　　　　　【生唱】哀此　生　离犹　死

21

$\widehat{7\,0}$ | $\overset{\frown}{7\,1}\,\overset{\frown}{5\,2}\,\overset{\frown}{1\,1}\,\overset{\frown}{2\,2\,4}$ | $\overset{\frown}{4\,2}\,\overset{\frown}{1\,6}\,\overset{\frown}{5\,4\,5}$ （$\overset{\frown}{2\,1\,6\,4}$ | $\overset{\frown}{5\,6}\,\overset{\frown}{5\,6\,1}$

别，　　恨　无一语解她愁　　　容

$5 \cdot \overset{\frown}{6\,5}\,\overset{\frown}{6\,5\,4}$ | $\overset{\frown}{2\,1}\,\overset{\frown}{6\,5\,4\,5}$） $5\,4\,4$ | $\overset{\frown}{2\,4}\,\overset{\frown}{2\,1}\,\overset{\frown}{7\,1\,7}\,5\,2\,0\,3$ | $4\,4\,2$ ‖

　　　　　　　　何忍她 此　后　　愁　锁深宫，

【正线滚花】$5\,1\,\overset{\frown}{1\,2}\,\overset{\frown}{2\,1\,6}\,5\,5\,\overset{\frown}{3}\,\overset{\frown}{5\,6}\,\overset{\frown}{7\,6\,1}\,-\,\overset{\frown}{2\,1\,2}\,-$ 【慢五捶】（$3\,6$

　　　　唯有强把欢　言　来　　劝奉。　　　【白】贤妹呀！

$\overset{\frown}{1\,3\,2}\,-$）$\overset{\frown}{5}\,\overset{\frown}{3\,3}\,\overset{\frown}{6}\,\overset{\frown}{3\,2}\,\overset{\frown}{1}\,5\,6$ $\overset{\frown}{6}\,\overset{\frown}{5}\,\overset{\frown}{1\,1}\,\overset{\frown}{2\,3}\,3\,-\,\overset{\frown}{3\,2}\,\overset{\frown}{1\,6}\,\overset{\frown}{5\,5}\,\overset{\frown}{1}\,6\,1\,-$（$3\,5$

【唱】王师北定中　　原日，定能救妹　出　　　　囚笼。　【白】贤妹

$2\,3\,5\,1\,-$） $\overset{\frown}{5}\,\overset{\frown}{3\,3}\,\overset{\frown}{6}\,\overset{\frown}{1}\,\overset{\frown}{6\,5\,3\,5}$ $\overset{\frown}{6}\,\overset{\frown}{3\,3}\,\overset{\frown}{1\,3\,5}\,-\,\overset{\frown}{3}\,\overset{\frown}{1\,2}\,\overset{\frown}{6}\,\overset{\frown}{7\,6\,1}\,-$（$3$

放心呀！【旦白】明知一别两　　茫茫，但不忍伥临歧　哀　　　痛。

$5\,2\,3\,1\,-$）$4\,3\,3\,\overset{\frown}{2}\,\overset{\frown}{3\,1}\,-\,2$ $\overset{\frown}{7\,6}\,0\,\overset{\frown}{1\,2}\,\overset{\frown}{2}\,\overset{\frown}{3\,3}\,\overset{\frown}{6}\,\overset{\frown}{3\,2}\,\overset{\frown}{1}\,3\,-\,5\,5\,-$（$2\,1$

　　　千般凄楚　我　担　　下，我且将愁容换欢　　容。【白】贤兄！

$4\,3\,5\,-$） $\overset{\frown}{6\,6}\,\overset{\frown}{1\,1}\,\overset{\frown}{2\,3}\,3\,3\,2\,——$ 　　　$1\,5\,\overset{\frown}{2\,1}\,\overset{\frown}{2}\,1\,2\,2$

【生白】贤妹！【旦唱】但望有这　一天，【生白】好呀！【唱】那时当与妹你把酒

$\overset{\frown}{5\,2}\,\overset{\frown}{1}\,2\,2\,2\,-$ 　$2\,1$ 　$6\,6\,-\,\overset{\frown}{1\,2}\,\overset{\frown}{1\,2}\,——$

同欢，　　凯歌　　　　互颂。　　　　　　　【旦白】贤兄呀 此身不能从兄回

国，只有罗帕一方将兄相送。这一幅红绫鲛绡帕，愿哥长伴在身中。

　　　　　　【花下句】（$3\,6\,\overset{\frown}{1}\,2\,3\,2\,-$）$1\,2\,1\,\overset{\frown}{3}\,5\,4\,-\,3\,2\,1\,-$

【旦白】谢贤妹！　　　　　　【生唱】对此红　绫鲛　绡帕，

$\overset{\frown}{6}\,\overset{\frown}{5\,5}\,\overset{\frown}{1} \cdot \overset{\frown}{2}\,3\,1\,-\,\overset{\frown}{3\,2}\,\overset{\frown}{3\,2}\,\overset{\frown}{1\,1}\,\overset{\frown}{2}\,6\,-\,5\,-\,5 \cdot \overset{\frown}{6}\,\overset{\frown}{7\,2}\,6\,-\,1\,1\,——$

就如贤妹　　永　相　　　　　从。

刁蛮公主·过门受辱

吴建邦　　改编

郭凤女　何华栈　唱

【开幕，一锭金音乐，孟飞雄出迎文武百官上场祝贺，花轿临门。

1=C 4/4 （5672 | 6·765 3 5356 | 1·3523 216 561 |

5017 6161 65 | 3561 6231 2 | 3061 523 235 | 6

6535 2353 532 | 1 - 00) ‖【流水中板】1=C 2/4（011）| 361 |

【添福唱】禀驸马，

361 | 3355 | 611 | 1311 | 165 | 3556 | 531 | 36

禀驸马，公主銮舆　就到啦，鼓乐喧天　吹的打，宫廷仪仗　和车马，一列

35 | 331 | 3251 | 6661 | 6135 | 551 | 63216 | 11 ‖

长龙　真声架，公主还有　大令下，　命你门前　来迎驾，跪低请　凤　驾！

【飞雄白】添福！【添福白】在！【飞雄白】回报公主，本驸马不跪迎，她也

不跪拜，不行君臣之礼，只尽夫妻之谊，实为两便。

【陈世美不认妻】　1=C 4/4　（033）65　|　3·5615·（065）|

【凤霞白】笑话！　　【唱】小　　元　　戎，

3·5615 - | 5176 15·2 | 1253 - | 225612 | 7657

逞　强横，皇帝女面　前把　架子　撑，　宫花临孟　府幸无

6 - | 665352 | 65356 - | | 225612 | 76576 - |

限，　敢不　跪　迎，好生大　胆！【添福唱】公主同附马他　斗　脾性硬，

663652 | 65356 - | （6665352 | 65356 - | 665352 |

屈死在轿里头　真　笨　蛋。【白】驸马爷，公主要你跪迎喝！　　【飞雄白】

6 5 3 5 6 6 5) | 3 5 6̂ 1 5̣ (6̂5̣) | 3 5 6̂ 1 5̣ (7̣6̣) | 5 6̂ 1 7

要我跪？【唱】跪也不　难，　　　　跪也不　难，　　　　同样向我

6̣ 2 5 | 2 1 2̂ 1 2 3 - | 2 2 5̂ 6 1 2 3 | 7̣ 6̣ 5̂ 6̂ 7̂ 6̂ · 6 | 6̂ 6̂ 5̂ 3 5

列祖来　礼拜一　番，　　公主唔跪我祖先　我亦难　照办，请　公公去问

2̣ | 3 6̂ 3 5̂ 6̂ 7̂ 2̣ | 6 - 0 0 ‖

明　莫把时间耽。　　　　【添福白】公主呀，驸马言道，要你跪拜祖先喝！

【凤霞白】哼！跪孟家嘅祖先呀？【戏水鸳鸯】1=G 4/4 （1̇ 1̇ 5 5 | 3 3 1 1

2 5 1) 3 5 2 6 3 | 5 · 3 2 3 6 5 3 · (2) 1 3 2 1 | 5 6̂ 5 4 5 · 1

【凤霞唱】就算长生在　世，亦唔　敢怠慢，　　对哀家要　奴　颜叩首，我

5̣ 1 | 5 1 0 5̂ 3 2 1 1 2 3 2 1 | 2̂ 5̣ 1 4 5 3 4 5 5 6 5 | 5 6 6 2

回礼　都懒，真荒　诞，拜祖　先堪笑　可　叹，发乜驸马威唧一个　小官

3 1̇ 1̇ 5 5 3 3 1 1 | 2 5 1 （2 6 3 5 · 7̇ | 6̇ 1̇ 5 6̇ 1̇ 2 6 3 5 · 6̇ |

宦，恭恭敬敬俯首接过　家门槛。【添福白】驸马爷，公主她说……

7̇ 2̇ 7̇ 6 5 5 5 4 2 4 5 6 1̇ | 5 5 5 5 2 6 3 5 5 5 | 6̇ 1̇ 5 6̇ 1̇ 2 6 3

【飞雄白】哎，我听见啦，你同佢讲，乾坤乾坤，乾大过坤，她要听我嘅话。

5 · 6̇ | 7̇ 2̇ 7̇ 6 5 5 5 4 2 4 5 6 | 5 - - -) ‖ 【快中板】1=C 1/4

【凤霞白】驸马，君臣君臣，梗系君大过臣啦，我讲咗算！

（5 3 | 5 | 3 2 | 3 7̇ | 6̂ 1̇) 0 | 6̇ 6̇ | 0 6̇ | 0 2̇ | 6 5 | 3̂ 5 | 0 6 |

　　　　　　【飞雄唱】公主　出　言　真傲　慢，　　祖

0 6 | 6 3 | 6 3 6 | 1 ‖ 【滚花】3 6 6 - (6 -) 6 6 2 - 6 6 6 5 -

宗　三代　都被讥　弹。　　　怒冲冲，　　取出黄　金锏。

24

【凤霞白】哎呀，添福，你睇佢举起枝擂浆棍，重瞪眉突眼咁！【添福白】公主，呢枝唔系擂浆棍呀，系先王赐嘅黄金铜，你切莫当等闲呀！【凤霞白】不好了！　　【滚花】（2 1 4 3 5 －）$\overset{.}{6}$ 1 3 3 $\overset{.}{5}$ 3 $\underset{.}{1}$ · $\overset{.}{2}$ 3 － 3 $\overset{.}{5}$

　　　　　　　　　　　　　　　　　【唱】附马请出黄金铜，　　　将奴

3 2 1 1 1 － 3 3 $\overset{.}{5}$ －（2 1 4 3 5 －）3 $\overset{.}{6}$ 6 6 3 7 6 $\overset{.}{5}$ 3 － 5 4 3 － 7 6

欺　压有意　为难。　　　　　　不若暂避锋　　芒，回宫　再办。

$\overset{1}{1}$ －　（3 5 2 3 1 －）5 2 6 6 $\overset{.}{6i}$ 5 4 3 － 6 6 5 3 5 1 2 3 1 －

【飞雄白】慢！【唱】过门应该守　妇　道，否则寸步　难　行。

（3 5 2 3 1 －）6 5 3 5 5 6 2 － 5 3 6 2 （2 －）6 3 － 5 －【五捶】

　　　　　　精嘅　就快进府门，免受当头　一　　棒！

（2 1 4 3 5 －）3 3 $\overset{.}{6}$ $\overset{.}{5}$ 1 · $\overset{.}{2}$ 3 $\overset{.}{6}$ $\overset{.}{5}$ 6 1 2 2 － 7 6 5 6 5 －

【凤霞唱】好比肉随砧板，　　定　难逃过此关。

【走马】1=G $\frac{4}{4}$ （$\overset{.}{2}$ 3 $\overset{.}{2}$ $\overset{.}{1}$ | 3 5 6 5 6 $\overset{.}{1}$ 5 6 5）0 6 5 | 4 5 4 2 1 2 4

　　　　　　　　　【飞雄唱】一于　快的　跪　跪下

5 6 5 （0 6 5 | 4 5 2 1 2 4 5 · 7）6 5 6 $\overset{.}{1}$ | 5 6 5 4 4 1 2 4 5 6 5

先，　　　【凤霞唱】跪来跪去　怕乜嘢啫当为跪拜祖　先，

（0 5 6 | $\overset{.}{1}$ 7 6 $\overset{.}{1}$ 2 3 2 7 6）6 2 6 5 | 4 5 6 $\overset{.}{1}$ 5 6 4 3 2 3 2 （0 5 6 |

　　　　　【飞雄唱】低头屈膝　至　啴 不准你闲言！【凤霞白】

$\overset{.}{1}$ 7 6 $\overset{.}{1}$ 2 3 2 7 6 $\overset{.}{1}$ 5 6 $\overset{.}{1}$ 7 6 ）| 0 $\overset{.}{1}$ 6 $\overset{.}{1}$ 6 5 3 · 6 $\overset{.}{1}$ 3 | 0 $\overset{.}{1}$ 3 5

点跪啫？【飞雄白】唔系咁！　　　【唱】要跪正我面前，若不从　　不从吾

6 $\overset{.}{1}$ 5 6 $\overset{.}{1}$ 7 6 | （0 $\overset{.}{1}$ 6 $\overset{.}{1}$ 6 5 3 6 5 3 5 6 $\overset{.}{1}$ | 5 6 5 ）0 6 2 3 2

命　难为你方便！　　　　　　　　【凤霞唱】迫　奴　奴

0 3 | 5 · 3 2 1 2 3 5 6 5 （2 1 2 3 | 5 6 5 ）0 3 5 2 3 2 0 3

跪　拜　固难　幸免，　　　　　　　若要奴　奴跪

25

5 1̂ 7 6 1̂ 5 6 1̇·（2̇ 3 5 3̇ 2̇ | 1̇ 2̇ 1̇）0 3 5 2̇ 3 2 0 3 | 5·6̂ 4·6̂

你，你折堕我唔愿见。　　　　【飞雄唱】入我门　来　跪　拜　应礼

5 3 2（0 5 6 | 1̂ 7 6 1̂ 2̂ 3 2 7 6）2̂ 3 2 7 | 6 7 6

周　全。　　　　　　【凤霞唱】点　解要　　跪咁耐？　【飞雄唱】

0 1̂ 6 1̇ 2̂ 3 2̇ 2̇（5 6 | 1̂ 7 6 1̂ 2̂ 3 2 7 6 1̂ 5 6 1̂ 7 6 ）| 0 1̇

要跪到天黑先喇！　　　　　　　　　　　　　　　　【凤霞唱】我

6 1̇ 6 5 3·5̂ 1̇ 3 | 0 1̇ 3 5 6 1̇ 5 6 1̇ 7 6 |　　　0 1̇ 1̇ 6 1̇ 6 5

跪你好心甜，叫宫娥，　宫娥传令　传令返宫殿！　【飞雄唱】你咪任性咁派

3 0 6 5 | 3 5 3 0 2 1 3 5 3（0 6 5 | 3 5 3 0 5 2 1 3 5 6 1̂ 5 3 2 1 |

然，听我　命　令　为　善。

3 ）6 1̇ 5 6 5 2 3 2̂ 3 2̇ 1̇ | 3 5 6 5 6 1̇ 5 － ‖

就把夫　妻情念，否则金铜　无情，泪流在眼前！

【白】一拜，再拜，三拜！（凤霞公主下）

刁蛮公主·洞房斗气

吴建邦　　　　　　改编
郭凤女　何华栈　唱

【青梅竹马】1=G （5·6̂ 1̇ 7 6·1̇ 6 5 3 5 2 1 2 3 － 5 － 0 5 6　2/4

1̇ 3 5 3 5 | 1̇ 3 5 3 5 | 2 1 2 3 2 | 1·6̣ 5 6̣ 1）| 6 1̇ 3 5 | 6·(1̇

　　　　　　　　　　　　　　　　　　　　　　　　【飞雄唱】一朝受帝　恩，

3 5 6 ）| 1̇ 6 5 3 5 6 1̇ | 5（0 6 1̇ ）| 5 5 6 1̇ | 3 － | 2 1 2 3 5 3 2 |

攀得　月　中　桂，　　　有妇西施　貌，　不枉　此　一

26

1（1234 | 5532 | 12321235 | 532356 | 5321 |
世。

5356i | 55612）| 332161 | 5̣·1 | 212332 | 1·6̣ |
　　　　　本官　进洞　房，与　公主　相　见，

56̣ | 13532 | 1— |（1·23212 | 3— | 53513 | 5076
行　个夫妻之　礼。　【白】咦！乜点解关实道门嘅？公主！公主开门呀

5561 | 3·2123 | 165356i | 5·323）1 | 5̣·61 |
公主！　　　　　　　　　　　　　　　　【唱】你　原　谅我

212232 | 3— | 5323 | 531· 　5 | 561
尊叫声好娇　妻！【公主】哀　家　唔识你！【飞雄】你　咪嬲

5· 　1 | 321 | 5532355 | i35 35 | i35（35）|
我，【公主】我　谷紧气！【飞雄】恕我冒　犯你嘅　威　势，让我 走入去，

2123532 | 1（5̣123 | i26i5635 | 22023 | 55
不要　冤家相　对。　【公主白】唔！想入嚟就认错，唔肯就快的躝尸！

065 | 424561 | 56532123 | 1—| 1 ‖ 【平湖秋月】1=C
【飞雄白】吓！叫我躝尸呀！

4/4（065）335 32 | 1761235 7615（3561 | 5̣）32
【飞雄唱】奇唔奇，娇妻 佢 命我躝尸 确系 奇。　　【公主】皆因

1761237 61 | 5（65）352351356 | 616545 43
你藐视帝女 戏娥　眉，【飞雄】洞　房 要珍　惜，夫妻恩爱白 发

232 　05 | 21235·321235·6 | 45432354532
齐 眉。【公主】你 强　蛮无理，仲甜 言蜜语，我 满腔愤怒难 消冤 屈

11 | 032176356 | 616535615616543 | 2
气呀！【飞雄】夫妻罢气系平常事，　春宵一刻难复返，惆　怅追悔已　迟。

27

05 5 2 2（2 2 0）3 | 5·6 5·6 4·6 5·5 | 2 3 5 4 5 3 2

【公主】你要房前　　　　跪拜，一拜　三叩　首，我　原谅你方得宽

1　　　　　05 | 3·5 3 5 3 2 1 2 7 | 6（6 5 6）1 2 3 5 3 5 3 2 |

恕。【飞雄】公　主　你莫将夫君呀轻　视，　　　我还是个三关主

1 1·2 3 5 2 3 1 2 1 2 3 | 5·6 3 5 6 1 5 2 3 1·（7）| 6 1 2 3

帅，统　兵　出　战斩将搴　旗，在房前跪老婆真失礼，　　问到边一

1 2 7 6 5 3 5 6 1 2 3 5 | 2　　　0 1 5 3 0 5 2 0 5 | 1　　　0 3 2

个　那愿人　前咁失　威。【公主】我唔瞅　唔睬　唔理。【飞雄】今天

1 6 1 6 1 2 | 3　2 3 5·3 2 3 2 1 7 2 6 1 | 5 -（0 3 5 2 3 2 1 |

既是结合两夫　妻，毋谓再　将新婚夫婿难　　　为。

7 2 6 1 5 5 5 1 7 6 1 6 5 | 3 5 2 3 5 5 5 3 5 2 3 2 1 | 7 2 6 1 5 5

5 1 7 6 1 6 5 | 3 5 2 3 5·6 1 7 6 5 | 2 3 - 5 | 5 - - -）‖（三更鼓响）

（2 - 3 - 4 - 5 -）　【鸟惊喧】1=G　4/4　　0 4 2 2 2 1 7·1 2 4 |

【公主唱】唉 花烛空对付　了春宵

1　7 7 1 2 4 1（0 4）| 2 2 2 1 7·1 2 4 1 2 1 7 7 1 2 4 | 1 0 2 1

价,没　有 喜　气,　　　早知婚嫁受　那冤屈气　定 会 抵　制,他这

7 1 7 1 7 6 | 5 6 5 0 6 6 5 5 5 5 5 2 | 4 5 4 0 6 1 5 5 5 5 5 4 |

硬汉象野马　难　骑,不守宫廷君臣之　礼,　　不解温柔闺房之

2 4 2 0 6 5 4 2·5 4 2 4 5 | 2 4 2（0 7 6）5 6 1 6 5 3 5 | 2 3 2

乐,　不将错认　反责备我不　是,　　　红 烛高烧泪暗　垂,

0 3 2 1 2 1 2 7 6 | 5 6 5 0 7 6 5 6 1 6 1 6 5 | 3 5 3 0 7 6 5 6 1

不该盼他似张敞画　眉,　悔恨谋　佢博得风雅　仕,　　嫁着强硬汉

28

6 $\widehat{5\ 3}$ 5 | $\underline{2}$ · $\underline{4}$ $\widehat{3\ 4}$ $\widehat{3\ 2}$ $\widehat{1\ 2}$ 1 （0 $\underline{3\ 2}$ | $\underline{1\ 2}$ $\underline{3\ 2}$ $\underline{3\ 5}$ $\underline{2\ 2}$ $\underline{2\ 2}$ $\underline{2\ 1}$ |

寡义薄　　情，冷落了鸳鸯 被。

$\underline{7\ 1}$ $\underline{7\ 1}$ $\underline{7\ 6}$ $\widehat{5\ 6}$ 5）0 $\underline{2\ 2}$ | $\underline{1\ 2}$ $\underline{1\ 2}$ $\underline{1\ 2}$ $\underline{7\ 1}$ $\underline{7\ 1}$ $\underline{7\ 6}$ | $\widehat{5\ 6}$ 5 0 $\underline{3\ 2}$

金枝　我本惯娇 是个任性玉 人 儿，怎可

$\underline{1\ 2}$ $\underline{1\ 2}$ $\underline{1\ 2}$ | $\underline{7\ 1}$ $\underline{7\ 1}$ $\underline{7\ 6}$ $\widehat{5\ 6}$ 5 | 0 $\underline{6\ 5}$ | $\underline{3\ 6}$ $\underline{2\ 1}$ $\underline{2\ 3}$ $\underline{5\ 6}$ 5

嫁给莽夫　　受气被困 樊 篱。【飞雄】呢个　丈夫唔 及你，

0 · 6 | $\underline{5\ 5}$ $\underline{3\ 2}$ 1 ·（6）$\underline{5\ 5}$ $\underline{5\ 3}$ $\underline{3\ 2}$ $\underline{1\ 2}$ 3 | 5（$\underline{3\ 5}$ $\underline{3\ 2}$）$\underline{1\ 1}$ $\underline{1\ 2}$

得　一床单秋被，　一张摺席在房前来伴 你，　冷到猛打

$\underline{3\ 2}$ $\underline{3\ 5}$ $\underline{2\ 2}$ | $\underline{1\ 1}$ $\underline{1\ 7}$ $\underline{5\ 4}$ $\underline{5\ 7}$ $\underline{1\ 1}$（0 4 | $\underline{2\ 2}$ $\underline{2\ 2}$ $\underline{2\ 1}$ $\underline{7\ 0}$ $\underline{6\ 7}$ $\underline{6\ 7}$ 3 |

乞　痴，　冻到冷病人家唔愿理咯，（乞痴！）

$\widehat{6\ 1}$ $\underline{7\ 1}$ $\underline{7\ 6}$ 5）3 | $\underline{5\ 1}$ $\underline{2\ 5}$ $\underline{3\ 1}$ $\underline{3\ 1}$ $\underline{3\ 2}$ | $\underline{1\ 1}$ 0 $\underline{5\ 3}$ $\underline{2\ 3}$ $\underline{2\ 3}$ 5 | 2（3）

可 怜我张床兜正兜正北风 尾，　北风 吹开心 扉，

$\underline{2\ 3}$ $\underline{2\ 7}$ 6（3）$\underline{5\ 3}$ $\underline{5\ 6}$ | 1（$\underline{1\ 1}$ $\underline{1\ 2}$ $\underline{7\ 7}$ $\underline{0\ 4}$ 3）2 | $\underline{7\ 2}$ $\underline{7\ 2}$ $\underline{7\ 6}$ 5

娶妻好 事　谁能忘 记？　　　　说 什么白发齐 眉

$\underline{7\ 1}$ $\underline{7\ 6}$ | 5 $\underline{6\ 3}$ $\underline{5\ 3}$ $\underline{5\ 6}$ 1（5）$\underline{3\ 2}$ $\underline{3\ 5}$ | $\underline{2\ 3}$ $\underline{2$ · $7}$ $\underline{6\ 1}$ $\underline{2\ 3}$ 1 ·（2

鱼水难 离，什么连枝连 理，　双宿双　栖，　我没 福 气。

$\underline{7\ 2}$ $\underline{7\ 6}$ | $\underline{5\ 6}$ $\underline{5\ 0}$ $\underline{5\ 3}$ 2）$\underline{7\ 3}$ $\underline{3\ 3}$ $\underline{6\ 7}$ | $\underline{2\ 2}$ $\underline{3\ 6}$ $\underline{2\ 2}$ $\underline{3\ 5}$ $\underline{5\ 6}$ 1 · $\underline{2\ 3}$ 5 |

耳边更豉还在 催，怕到漏 尽 时，仍是挂 名夫

$\underline{2\ 5}$ $\underline{3\ 2}$ $\underline{1\ 1}$ $\underline{1\ 7}$ $\underline{6\ 7}$ $\underline{6\ 5}$ $\underline{4\ 5}$ 3 | 5 － ‖ （6 － 5 － $\underline{6\ 5}$ $\underline{7\ 6}$ 5）

妻，休　再错过　误了事情两不　　宜。　　　　　　　　　【公主白】

咋，人地都有关门，仲唔入嚟！【白】吓！乜闹咗咁耐，原来有关门嚄？唉！（小锣入房）【公主白】喂！刚才佢响门外好似个共公咁坐响个地，依家又好似个菩萨咁坐响个椅上，唔通真系俾老婆吓傻咗？唔！等我唱支歌仔激下佢至得！

　　　【南音】1=C $\frac{4}{4}$ （0 $\underline{6\ 5}$ $\underline{3\ 5}$ | $\underline{2\ 3}$ $\underline{2\ 3}$ 5 $\underline{6\ 1}$ $\underline{5\ 6}$ 1 · 3

$\overline{2\ 3}\ \overline{5\ 3}\ \overline{5\ 6}\ \underset{\cdot}{5}$）｜ $\overline{6}\ \overline{5\ 5}\cdot\ \overline{1\ 2}\ \overline{3\ 5\ 1}$｜ $\overline{3\ 2}\ \overline{3\ 1}\ \overline{2\ 3}\ \overline{5\ 3}\ \overline{5\ 0}\ \overline{6\ 4\ 3}$

【公主唱】麻　雀仔　　担　树　枝，

$\underset{\cdot}{2}$（$\overline{6\ 5}\ \overline{3\ 5}\ \overline{2\ 5}\ \underset{\cdot}{2}$）｜ $\overline{3\ 2}\ \overline{0\ 5}\ \overline{3\ 2}\ \overline{1}\ \overline{5\ 5}\ 3\cdot\ (\overline{5\ 2}\ \overline{3\ 5}\ \overline{3\ 5\ 5})$｜ $\overline{1\ 1}$

担　　　上南　山　　接　　　　　　　

$\overline{1\ 2}\ \overline{3\ 2}\ \overline{1\ 7}\ \overline{6\ 5}$（$\overline{6\ \underset{\cdot}{1}}\ \overline{6\ 5}\ \overline{3\ 5}\ \overline{6\ 2}\ \overline{6\ 4\ 3}$）｜ $\overline{2\ 0}\ \overline{7\ 6}\ \overline{5\ 3}\ 5\cdot\ \overline{4\ 3}\cdot\ (3$

阿　　姨，　　　　　　　遥　望江　心　

$\overline{2\ 3}\ \overline{5\ 4\ 3}$）$\overline{2\ 2}$｜ $\overline{5\ 0}\ \overline{2\ 3}\ \overline{3\ 5}\ 2\cdot\ (\overline{3\ 2}\ \overline{3\ 5}\ \overline{4\ 3\ 5\ 5}$）｜ $\overline{2\ 0}\ \overline{5\ 3}\ \overline{5\ 7}\ \overline{2\ 2}$

有只　孖艇仔，　　　　　　　艇　上有个

$\overline{5\ 6}\ \overline{2\ 3}$（$\overline{2\ 3}\ \overline{5\ 4\ 3}$）$\overline{7\ 2}$｜ $\overline{3\ 3}\ \overline{5\ 2}\ \overline{3\ 2}\ \overline{1\ 6}\ \overline{1\ 5}\ \overline{5\ 0}\ \overline{6\ 4\ 3}\ 2$（$\overline{3\ 5\ 2\ 5}$）｜

渔　郎，　　　是个　蠢　东　　　西，

$\overline{1\ 1}\cdot\ \overline{3\ 2}\ \overline{3\ 1}\ \overline{6}\cdot\ \overline{6\ 3}\cdot\ (\overline{3\ 2}\ \overline{3\ 5\ 3\ 5})\ \overline{1\ 3}$｜ $\overline{5\ 5}\ \overline{5\ 2}\ \overline{2\ 0}\ \overline{5\ 3}\ \overline{2\ 1}\ \overline{7\ 1}\cdot\ (3$

有　顺风　　你都唔　驶　　　桹，

$\overline{2\ 3\ 5})\ \overline{1\ 2\ 1}$｜ $\overline{6\ 2}\ \overline{3\ 5}\ \underset{\cdot}{5}$（$\overline{5\ 5\ 5})\ \overline{5\ 5}\ 1\cdot\ (\overline{3\ 2}\ \overline{3\ 5\ 4\ 3})\ \overline{2\ 1}$｜ $\overline{1\ 1}\ \overline{2\ 3}$

坐系处傻头　　傻脑　　系处　皱起

$\overline{2\ 5}\ \overline{1\ 2}\ \overline{7\ 6}\ \overline{1\ 5}\ \overline{1\ 1}\ \overline{2\ 3}\ \overline{2\ 1\ 6}$｜ $5\ -$‖【前腔】$\overline{5\ 1}\ \overline{7\ 6}\ \overline{5\ 2}\ \overline{2\ 3\ 1}$｜

双　眉。　　　　　　【飞雄】哈哈……麻雀　仔，

$\overline{3\ 3}\ \overline{5\ 2}\ \overline{3\ 2}\ \overline{3\ 6}\ \overline{1\ 5}\ \overline{3\ 5}\ \overline{0\ 6}\ \overline{4\ 3}\ 2$（$\overline{6\ 5\ 3\ 5})\ \overline{2\ 6}$｜ $\overline{5\ 1}\ \overline{2\ 3}\ \overline{7\ 6}\ \underset{\cdot}{5}$（$\overline{2\ 5\ 3\ 5}$）

咀吱　　吱，　　　　不是渔　郎　　　

$\overline{3\ 2}\ \overline{3\ 6}\ \underset{\cdot}{1}$（$\overline{2\ 3\ 5\ 3\ 5\ 5}$）｜ $\overline{3\ 3}\ \overline{5\ 2}\ \overline{5\ 1}\ \overline{2\ 7}\ \overline{6\ 5}$（$\overline{5\ \underset{\cdot}{1}}\ \overline{6\ 5}\ \overline{3\ 5}\ \overline{6\ 2\ 6}$）$\overline{3\ 7}$｜

蠢　钝　　　　不知天　时，　　　　虽是

$\overline{5\ 0}\ \overline{6\ 4}\ \overline{5\ 3}\cdot\ (\overline{2\ 3\ 2\ 3\ 5})\ \overline{2\ 3}\ \overline{1\ 2}\cdot\ (\overline{3\ 2}\ \overline{3\ 5\ 4\ 3})\ \overline{3\ 2}$｜ $\overline{5\ 3}\ \overline{5\ 3}\ \overline{7\ 6}\ \underset{\cdot}{5}$

春　风　有意　　　不把　兰　舟　　

$\overline{1\ 7}\ \overline{1}\cdot\ (\overline{3\ 2}\ \overline{3\ 5\ 4\ 3})\ \overline{7\ 2}$｜ $3\cdot\ \overline{5}\ \overline{3\ 2}\ \overline{1\ 6}\ \underset{\cdot}{5}$（$\overline{2\ 5\ 3\ 5}$）$\overline{7}\cdot\ \overline{7\ 2}\cdot\ (3$

拒，　　　　又怕　秋　云　易　变

$\overline{2\ 3\ 5\ 4\ 3}$) $\overline{2\ 3}$ | $\overline{7\ 2}$ ($\overline{7\ 2}$) $\overline{3\ 2\ 1}$ $\overline{6\ 1\ 5}$ $\overline{6\ 5\ 0\ 3\ 5}$ $\overline{2\ 0\ 1\ 1\ 1}$ | $\overline{1\ 0\ 2}$

到底 路 崎 岖。 我劝你 有

$\overline{3\ 2\ 3}$ $\overline{3\ 2\ 7}$ $\overline{6\ 1\ 5}$ ($\overline{2\ 3\ 5}$ $\overline{3\ 5\ 5}$) | $\overline{2\ 0\ 3\ 5}$ $\overline{1\ 7\ 6}$ $\overline{5\ 1\ 1}$ ($\overline{3\ 2\ 3\ 5}$ $\overline{3\ 5\ 5}$) |

风 不宜 驶 尽 悝,

$\overline{3\ 3\ 5}$ $\overline{3\ 2\ 7}$ $\overline{6\ 1\ 5}$ ($\overline{2\ 5\ 3\ 5}$) $\overline{2\ 2\ 3\ 1}$·($\overline{3\ 2\ 3\ 5}$ $\overline{3\ 5\ 5}$) | $\overline{6\ 1}$·$\overline{2\ 5\ 1\ 2\ 7}$

收 帆 好趁 顺 风

$\overline{6\ 5\ 1}$ $\overline{1\ 2\ 3}$ $\overline{2\ 1\ 6}$ | 5 - ‖ 　　　【南岛风光】1=G $\frac{2}{4}$ ($\overline{6\ 6}$

时。 　　　　　　　　　　　　　　　　　　　　　　　　　

　　　　【公主白】孟飞雄,你好嘢呀! 　　　　　　【公主】

$\overline{6}$·)$\overline{7}$ | $\overline{6\ 7\ 6}$· $\overline{7\ 6\ 7\ 6}$ | ($\overline{3\ 3\ 3}$·)$\overline{4}$ | $\overline{3\ 4\ 3}$·$\overline{4\ 3\ 4\ 3\ 4}$ |

你 又试憨!【飞雄】我系咁憨! 【公主】你 又是 憨,你又是憨夹

$\overline{5\ 0\ 4}$ | $\overline{5\ 6\ 5}$ | $\overline{5\ 4\ 3\ 2}$ $\overline{5\ 4\ 3\ 2}$ | $\overline{0\ 4\ 2\ 4}$ | 2·$\overline{1}$ | $\overline{2\ 1\ 7\ 5}$ $\overline{2\ 1\ 7}$ |

癲,你 胆包天, 将我辱骂口吐狂言, 恶行再 现,你 一个残臣敢与我

$\overline{1\ 7\ 5}$ $\overline{7\ 2}$ $\overline{1\ 7\ 5}$ | $\overline{2\ 1\ 7}$ $\overline{6\ 7\ 5}$ | 　$\overline{0\ 2\ 5}$·$\overline{4\ 2}$·$\overline{4}$ | $\overline{5\ 0\ 4}$ | $\overline{3\ 2}$

纠 缠,恃乜嘢大权 乜嘢 大赫然!【飞雄】在军 我是 至 尊,抗 敌犯

$\overline{4\ 3}$ | $\overline{2\ 3\ 4}$ $\overline{5\ 6\ 5}$ | $\overline{4\ 3\ 2}$· 　　$\overline{1}$ | 2·$\overline{1}$ | $\overline{2\ 3\ 2}$ | $\overline{5\ 0\ 4\ 5}$ |

免外 患, 战绩功勋 赫 然。【公主】你 不要 枉居尊,吩 咐

$\overline{6\ 7\ 6}$ | $\overline{6\ 5\ 4\ 3}$ | $\overline{4\ 3\ 2\ 0}$ $\overline{2}$ | $\overline{2\ 2\ 6\ 2\ 2}$ $\overline{2}$ | $\overline{2\ 2\ 6\ 2\ 2}$ | $\overline{2\ 3\ 4\ 3}$

爹 爹 将你重罚 叫上殿,把 官职尽勾销,把 金铜亦折断,元 帅位

$\overline{4\ 3}$ | $\overline{2\ 3\ 4\ 3}$ $\overline{4\ 3\ 2}$ | $\overline{6\ 7\ 1\ 7\ 6}$ | $\overline{0\ 3\ 6\ 3}$ | $\overline{6}$·$\overline{5\ 6}$ | $\overline{0\ 5\ 6\ 7}$ | 6

置换,还 有 这 驸马位 亦多浪 险,我 启 奏爹 爹

$\overline{6\ 5\ 4\ 3}$ | $\overline{2\ 3\ 4\ 3}$ | 　　$\overline{0\ 1\ 2\ 3}$ | $\overline{6\ 6\ 7\ 1}$ | $\overline{2\ 1\ 1\ 4}$ $\overline{5\ 4\ 3}$ | $\overline{2}$ $\overline{2\ 3\ 1\ 7}$ |

即刻与你 嚟 两断。【飞雄】你口出 胡言话倒 颠,劝你清 醒,专心听我

$\overline{6\ 0\ 4\ 4}$ | $\overline{3\ 2\ 1\ 3\ 2}$ | 2·$\overline{2}$ $\overline{6\ 6\ 2\ 2}$ | $\overline{3\ 3\ 2}$ $\overline{6\ 6\ 2\ 2}$ | $\overline{3\ 3\ 2}$

言,岂可 新婚结深怨。【公主】你言无信, 多奸诈,前嫌未弃 添新怨,

31

```
 4 5 6 ·    4 | 6 4 2        4 5 6 |      6 4 2 ·       4 |
```
快跸尸！【飞雄】你 听我言，【公主】快跸尸！【飞雄】听我言，【公主】你

```
 4 5 6 ·    4 | 6 4 2 ·     4 2 4 2 6 | 2 0 6 2 6 | 2 0（2）‖
```
快跸尸！【飞雄】你 听我言，【公主】你 莫要在房 内 徒惹恨 怨！

（散更）【滚花】1=C ♯（3 5 2 3 1 -）5 3 7 6 6 1 3 2 7 6 5 -（2 1 4 3 5 -）

【公主唱】无端白事闹到天光。

```
 1 6 5 3 2 0 7 6 5 7 6 1 ——
```
带泪回宫   向父王告状。【白】父王！我唔嫁啦！【夏王白】哎呀王儿，

【昭君怨尾段】1=C 1/4 0 1 | 5 · 7 | 1 2 7 |

你嫁得半冷哽又唔嫁，咁点得！   【公主唱】洞 房 之 夜，

```
 0 1 | 5 · 7 | 1 2 7 | 0 1 | 7 1 | 7 1 | 2 | 4 5 | 4 2 | 1 | 1 2 |
```
洞 房 之 夜， 他 别有 用 心，拒不 进洞 房，凌辱

```
 4 | 4 5 | 4 2 | 1 · 1 | 2 4 | 2 1 | 7 1 | 5 7 | 1 | 2 2 | 1 1 | 5 7 |
```
我，也不 怕父 王，我 吞声 忍气 任佢 狂 妄，三更 已过 还未

```
 1 1 | 2 1 | 2 2 | 2 1 | 2 2 | 4 2 | 0 7 | 1 | 2 1 | 0 2 | 5 · 2 |
```
进去，不理 不睬 使我 心伤， 低声 下 气 请进 新房，他

```
 2 1 | 0 2 | 5 | 5 1 | 1 5 | 7 | （慢）0 4 | 5 5 | 2 1 2 4 | 5 |
```
装作 痴 呆， 还指 手划 脚， 对 金枝 骂到 慌，

```
 6 6 4 | 5 ‖
```
                  【滚花】♯（2 1 4 3 5 -）

真冤 枉！【夏王白】吓，有这等事？孟飞雄！   【唱】

```
 6 5 3 6 1 1 3 6 4 3 2 1 -（3 5 2 3 1 -）6 2 3 3 2 3 1 5 1 3 3 5
```
洞房之夜有冇刻薄娇妻？   是否将公主难 为，有失 君臣

```
 3 1 1 2 -（3 6 1 3 2 -）3 1 1 3 5 1 （捶）1 5 1 3 1 6 5 6 1 -
```
之礼？   【飞雄唱】他既砌词来告，   我唯有一切认齐。

32
```
```

（起音乐衬白）1=C 4/4 （0 7̣ 6̣ 5̣ 5̣ 5̣ 5̣ 5̣ 6̣ 1 1 ｜ 0 7̣ 6̣ 1 2 3 5 3 5 3 2

【公主白】父王，佢样样都认齐啦，你罚佢啦！

1 1 ｜ 0 4 3 5 2 2 2 2 3 5 5 ｜ 0 2 3 5 6· 2̇ 7̣ 2̣ 7 6 5 ｜ 0 7̣ 6 5̣ 5̣

【夏王白】哎呀，点样罚呀？【公主白】唔！罚佢一世冇老婆！【添福白】

5̣ 5̣ 6̣ 1 1 ｜ 0 7̣ 6̣ 1 2 3 5 3 5 5 3 2 1̂ ）‖

哦，是不是叫佢做和尚？【公主白】啊！对啦，对啦，叫佢出家食豆腐渣！

【夏王白】好呀！人来，带孟飞雄出家做和尚！【添福白】系！（带孟飞雄入场）

【公主白】父王呀，你真系要佢做和尚呀？我，我唔制呀！

秋 月 琵 琶

蔡衍棻　　撰曲
黄少梅　黎佩仪　唱

【引子】1=C ㄓ （2 - 1 - 6̣ - 1 6̣ 1 2 3 5 7̣ 2 6̣ 1 ∨ 5 - 6 6 6 6 5

6 6 6 6 5 6 6 6 6 5 6 5 6 5 6 6 - 5 - 5· 6 5 3 2 3 5 1̇ 6 5 3 2

1· 2 3 2 3 5 2 3 5 2 3 2 1 7̣ 2 7̣ 6 5 6 ∨ 5 - 5 3 5 1̇ 6 5 3 5 ）

【南音】4/4 7̣ 2 5 3 2 7̣ 6 1 5 （2 5 3 5） 2 3 5 1· （3 2 3 5 6 3 5 5）｜
　　　【生唱】月　　　　如　　　　　水，

2· 3 5 5 1 6 5 5 3 5 5 6 4 3 2 （5 4 3 5 2 5 2）｜1 1 2 3 1 7
意　　　　如　　　　冰，　　　　　　　　　　　　客

6 1 5 （2 5 3 5）3 5 2 7 6· （3 2 3 5 6 3 5 5）｜1 1 0 2 3 5 1 2 3 1 7
途　　　　孤　　　寂　　　　　　　　　　对　　　流

33

6̇ 5 5 (0 1 6 5 3 5 6 2 6 4 3) | 3 3 2 2 2 0 2 3 5 3 2 1 7 6 1 5
萤。　　　　　　　　　　　　今 晚　江 头

(2 3 5 6 3 5 5) | 5 3 5 (3 6 5) 1 1 7 1 (3 5 2 3 5 6 3 5 5) |
良　　　友 去，

6 3 2 3 1 7 6 1 5 (2 5 3 5) 7·7 2 2 (2 3 5 6 3 5 5) | 1·3 2 3 2 7
但　闻　杜 宇　夜

6 5 (5 5 5 5) 3 5 5 5 4 3 2 (3 5 2 5) 2 7 | 【转乙反】7 (2 2) 4 2 4
啼　　声。　　　　　　　此 后　独 守

1 4 2 1 1 7 5 5·4 2·4 2 1 1 7 | 5 5 0 4 2·4 1 (5 4 2 4 5 6 5 4 2 4) |
寒窗　　惭 孤影，

5 4 6 5 4 2 1 (1 2 1) 5 5 4 2 4 1 (5 6 5 4 2 4 1) | 1 1 6 5 4 5 7 2 1 2 4
心　如　江 浪　永 难

5·7 1·7 6 7 6 5 4 5 2 ∨ | 5 ‖【江河水】1=ᵇB (0 2 3) | 4/4 1·6
平。　　　　　　　　　　　　　　　　国 事

1 2 5·3 | 2 1 2 3·(5) 1 6 1 2 5 3 | 6·(7 6 5 3 5 1 i) | 6·5) 3 2
叹 昏 昏，　贵 戚 满　朝 廷，　　　微 词

3 5 | 6 1 0 6·i 5 | 3 2 3 6 1·6 1 2 | 3 6 5 3 2 3 - | (3 5 6
入 了 诗　篇，　敢 犯 贵 戚　为 请　民 命。

3 3) 5 3 2 3 5 | 6 - 6 - | 5·3 6 6 5 3 | 6·5 5 5 2 6 5 3 | 2·(3
处朝堂树正 声 呀！ 盼 尽驱奸 妄，岂 知那朝廷不鉴我愿 诚。

2 3 6) 1 1 6 1 2 | 3 5 3 2 1 6 1 2 | 3 5 3 2 1·2 3 5 2 3 7 5 | 6·7
我更被贬出 京师千里，带泪远走　偏僻浔阳更　多 病，

2 3 1 6 1 2 5 3 | 6 ¹=C (6 1) ‖【二黄】4/4 4·5 1 6 5 3 5·(6)
伤心寄　吟 咏。　　　　　　　闲 愁

34

720276 | 54345 (567123276·76765 3·53561 |

5635356767232767121765 6345) | 61231 (123
踏　遍

1) 3221 5·12120535 | 15671 (432123 45·4
江　头，

3526543 21765435 | 1·16543 27234543
3526543 21765435 | 1·16543 27234543

27234345234 53432 15671) 21 | 510532
此际　沉

16123235232161 23 5 (0532 16123235232 6123 |
沉

5161235) 72726567 77765 640305 | 61 (5356
静　　　静。

7656765677 6 5640305 15351) | 3132176
忽

5·(3535) 23276 (27676) 055 | 5132176 50123
闻　　水　上　　传来弦

171 (2765615435 | 1271) 51231 (123) 12353227
线　　　　　　　　　和

6510276 | 65 ‖ サ (6666 5 6666 56666 5554
鸣。

5454 5454 2·45645 43 ∨ 2−06i)【秋水龙吟】 4/4
【旦唱】

5554 32·34535 (035) | 2312357 3672·(35) |
低回心意 琵 琶 声，　　可 有江边人静　　听？

35

2 7 6 5 5 6 7 2·(3) 5 6 2 3 5 ｜ 6 6 5 4 5 4 2 1 2 4 ˅ 5 ‖【彩云追月】

寄恨琵　琶　里，　　　对月愁夜咏，一声　两声　浔阳雁过　声。

1=C　2/4　（0 7 6）｜5· 6 1 2 3 5 ｜6（6 6 i）｜6 1 6 5 3 5 ｜6 1 6

【生唱】寻　问悠悠妙韵　声，　　月色　溶溶弄

5 3 5 ｜6 1 6 5 3 5 6 ｜3·（5 6 i 6 5）｜3 5 3 2 1 2 ｜3 5 3 2 1 2 ｜

琵　琶，顿　破野外悄　静，　　　问句是何　人？问你是谁　人？

3 5 3 2 7 5 6 ｜1·（1 1 1）｜4· 6 6 6 ｜1· 5 5 5 ｜1 2 3 6 5 3 ｜

在此　遣　　兴？　【旦唱】对　月当歌　何　有雅兴，琴弦　转轴

i· 5 6 ｜i 5 i 6 5 ｜3·（5 6 i 6 5）｜2 3 5 2 3· 5 ｜3· 2 6 ｜

意　难定，也难压　心绪　静。　　　【生唱】频在叫　唤，她　始　出来，

5 6 5 4 3 5 2 ‖ 4/4 1（2 3 1· 3 2 7 6 5 6 1 6 5 1 3 5 ｜6· 2 7 6 7 2

我且施礼略表尊　　敬。

6 1 3 5 6）2 7 ｜【贵妃醉酒】1 5 6 1 5·（3）2· 3 5 3 5 5 4 3 2 ｜

【旦唱】小　　　　妇　　人　　未　通音

1 2 3 1（0 6 5 3 5 2 3 1· 3 2 3 1 2 1 2 3 ｜1 6 5 3 5 2 3 1 2 1 2 3 ｜

韵，

1 1 2 3 1 3 5 3 2）｜1 6 1 2 3 2 3 5 2 3 2 3 7 6 5 1 2 7 6 ｜5 6 5

愧自　曲　不　　　　　　成，

（0 1 7 6 1 6 1 6 5 3 5 2 1 2 3 ｜5 3 5 7 6 5 6 5 6 1 5 1 3 5 6 1

5 2 7）｜6 7 6 0 5 3 6 7 6（0 3 2 7）｜6 7 6· 7 6 1 6· 1 2 3 5

月夜人静，　　　　杂乱，　　之音

3· 5 3 2 ｜1 2 3 1（0 2 3 5）2 3 2 7 6 5 7 6 ｜5 6 5（0 1 7 6 1 6 5

污清听，　　　　请君子你原　　情。

3 5 2 1 2 3 ｜5 3 5· 7 6 5 6 i 5 1 3 5 6 i 5·）1 ｜5 3 5 6 1 ： 7

　　　　　　　　　　　　　　　　　　　　　　　　【生唱】敬　聆　妙韵，

6·165 5235 | 2320 3521 2 3564 | 3 2 3 ‖（72 76 -

尊 一声 抱琴 人， 望你重弹 唱 咏。【白】在下白居易，

5 - ）【反线二黄板面】1=G 4/4 （05）35 235·（5）650 506 |

这厢有礼呀！【旦白】哦，白官人！ 【唱】但见明月照 凄冷叹孤

1（656 1）51 23 5 323（235）2311 2 | 5（35 615·17）

零， 收拨整 衣装， 低 语诉不 平，

6·16165 43 4 53（1）| 61 653 235 2·526 1 2356

曲 曲表 心 事， 哀 哀未 了情，还请上客一

1 ‖【反线二黄】2322 0616 5 350 676·（27 | 6667

听。 奴 本 是，

61 65176 5610 35676）| 166563 2·31 55 1

京 城 女，

6·16165 | 43 4 53·21 235322 7 6726 0 32327 |

6765 356 16 1612 353 05 353 5656 1 | 5635

（5617 615 30 560 32 312 12 3 | 56 165 432 1111

4·535 61 5635）161 | 650 532 1235 217 665（0532

12352176 | 5635）235·16 535 2312·35 6 43 2 23

名在教 坊 称

61（653 52 312·3 561 65 3212 1231）| 1·136 535 32

盛。 【生白】芳名驰菊部，故有好琴声。【旦唱】名 重京

1601 023（0532）| 2353227 656 66 12（35 23 2）35

华， 五 陵年 少， 缠头

37

【乐谱·简谱】

3 2 2 3 2 1 6 5 6 1 5 | 6 1 2 3 4 5 3 (2 3 1 2 | 3 4 5 3) 6 6 2 1 0 1 2 3
争　　掷，　　　　　　　一曲酬

5·6 1 6 1 6 5 3 5 3 2 | 1 2 3 1 0 5 7 6 5 3 5 0 3 5 7 6 | 1 2 3 1·2
百　匹　红　绫。

3 5 6 1 6 5 3 3 2 3 2 1 6 6 1 2 3 2 (2 1 2 3 | 5 6 1 6 5 3 5 2 3 5
【生白】年华恐虚度，人生梦几程？

2 3 2 1 1 6 1 2 3 1 2) ‖ 【郁金香】1=C 4/4 5 5 1 7 1 4 2 (4)
【旦唱】红颜老自暗 惊，

2 1 1 6 4 5 (7 1 7 6) | 5·1 7 1 2 1 7 6 5 5 1 | 1·2 7 6 5·1
车马冷落门庭，　琴 已断线曲韵再无情空怅 惘　憔悴

2 3 2 (0 5 | 3·5 2·5 3 5 2 3 2 1 2 3 2 (0 4) 2 1 | 7 6 5 0 4 2 1 7
看双星，　　　　　偷抹 泪 痕 逼 下

1 1·(4 2 5 4 2) | 1 2·4 1·2 7 6 5·6 1 6 7 6 5 4 5 2 4 | 5 ‖
嫁　　作商 人 妇泪 盈 盈。

【乙反中板】1=C 2/4 (7 5 7 1 5 5 | 5 5 7 5 4 | 2 1 7 1) | 0 7 7
【生唱】月夜

4 2 4 1 (7 7 | 4 2 4) 4 2 4 7 1 2 4 2 1 1 7 | 5 (2 4 2 1 7 1 2 4 2 1 1 7
哭　　江　　头，

5) 1 7 2 | 5 7 1 2 (7 1 2 4 2) 5 7 7 | 2 1 1 1 6 5 4 (7 1 6 5
有泪湿 弦 丝，　　难怪你 悲 愁

4) 7 0 4 2 1 7 5 7 0 1 2 4 | 1 (2 4 2 1 7 5 7 7 1 2 4 | 1) 5 5
莫　　　磬。　　　　　伤心

0 6 5 6 5 4 2 4 5 6 5 4 4 2 | 1·(6 5 6 5 4 2 4 5 2 5 5 4 2 | 1) 7·7
人，　　　　　　　别具

2175 | 54571 2·252 | 61·23235 | 23217517
凄 凉 怀 抱，不 堪 回 首 望 京

5·(54524 | 5·)【转反线中板】1=G 3 55·(3 | 5)55
城。 但 你 呀 弃教

35210535 | 6(6165 35210535 | 60161)55561
坊， 作了

6·16553 2 655 | 6·16553 2351661 | 2231
归家 娘，夫妇已 相 随 形

3530561 | 565(23123230561) | 16536143 2
影。 高 树 千 寻，

7765 43 155 | 16535 61 35(3561 | 5)40432
归根 落叶，还胜似 飞 絮 飘

12352116 | 5·12356 1【秋江别中段】0532 ‖ 4/4 1·2
萍。 【旦唱】君 岂

32353232 | 1·23235 2(27) | 66(01) 276561
知， 君岂 知， 日夕 锁困愁

5·(7 6561 5615)65 | 33056516 | 5(6561 56
城， 商贾 利欲 熏心 性，

535) | 6·1653643 | 2(232161265) | 3305
轻 别 离， 浮梁

1·276 | 5(6561 56535) | 66053243 | 21235·6
东 去， 轻舟 过万 城， 至今

43 | 21235353532 | 1(2123123056) | 1·76·1
数月鱼 雁杳千声呼 不 应， 江边

65 | 3(67)653235 | 61237261 | 5—— ‖【寒关月】
空怅 望， 只有月儿伴我 在这孤舟梦不 成。

（0535）|
2̂1̂2̂3̂5̄·5̄3̄·5̄3̄5̄3̄2̂1̂（1̇7）| 6·1̇6̄5̄3̄5̄
【生唱】寒　月　似偏　　听　哀

2̂1̂2̂3̄5̄·（6̄1̇5̄6̄5̄3̄5̄）| 6·1̇6̄1̇6̄5̄3̄5̄3̄（0653）2̂1̂2̂3̄|
猿　啸，　　　声声泪，　　　重重

5·（6̄1̇5̄6̄1̇5̄4̄3̄）2̂3̄5̄3̄·5̄3̄4̄3̄2̂| 1̂2̂3̄1̂1̂（1̇7665
怨，　　　愁愤莫　　　名。

3·56561̇| 56305̄3̄2̂1̂5̄3̄5̄3̄2̂1̂6̄1̇6̄5̄）| 355432
　　　　　　　　　　　　　　　浔

1̇6̄1̇6̄5̄6̄1̇5̄（6̄5̄6̄1̇）| 5·6̄1̇6̄1̇6̄5̄4̄5̄3̄ ³2（2321
阳　孤　客　　暗　伤　情，

6̄1̇2̂1̂2̂）| 3·5̄6̄1̇3̄5̄2̂（35）2̂3̄2̂| 0356̄1̇6·1̇6̄5̄
泪　眼相看　　　无言　但觉　风凄

3·56̄1̇| 5̂（5·6̄4̄5̄2̄3̄4̄3̄5̄·3̄| 2̂3̄1̂2̄3̄5̄7̄3̄6̄7̄
劲。　　　　　　　　　　　【白】我伤怀国事，被权奸贬谪，你悲怀身世，

2·35| 27672·356235| 654521245·6| 54
被鄙夫疏远。同是天涯沦落人，相逢何必曾相识呀！

5·454562124| 5·654564545435̂）‖【五捶滚花】1=C ˢˆ

（352351-）16̇2̄15̂-4-3̂2̄7̇6̄ 7̄6̄51161̇61̇3·5
【旦唱】邂　逅江　头　千　　叠浪，也　难细诉万　般

21̇3̇5̂-（214535-）33-21̇1765̄ 56̄335̄5·6
情。　　　　　今宵　感你听　琵琶，明日天涯　谁

7̄6̄761̇—【禅院钟声】$\frac{4}{4}$（017̇）| 5457171̇（54）|
再　认。　　　　　【生白】唉！【唱】愁　人　怕　听

40

21 245·1 654 | 5 (054) 5 554 | 2 2421 765 071 |
别离 声 声， 他朝不再 认，今生只怕无 缘 复见

2 2421 714 | 5 (2457571) | 545 4571·(4) 217 |
卿，江州司马泪也盈 盈。 【旦唱】浔阳琵 琶语 本 自

1 (024) 114 | 5·6 55·654 | 2 (656) 45·652 | 4
听， 何期结知 音，倾 心共命， 我深 深谢敬。

(4245) 5·42421 | 7·(17171) 7·12542 | 124 2171 |
奴 家只 愿， 望 使君 你宽心解困莫抱

76 | 571 245 0424 | 5·1 654·(5) 656 i |
怨 愁 情。【生唱】我望你休 悲愤， 珍 惜身

5 (656 i) 5654 2·4565424 | 1 (4) 2124 127 176 |
心， 苍天当也谅 鉴卿卿一片热 诚， 月圆月缺人 亦会

565 071 243 261 | 565 02171 42 | 11 456 |
团 圆，享温 馨，莫再 愁 怀悲 莫馨。【旦唱】拜谢 隆情，使

5·1 5421 71 | 1243 | 224565·4 | 2·545 2·5452 |
君 你词章可 治国，能遂抱 负再返京，教 刑 简政清，刑 简政清为

61654 532 022 | 5·212 5·212 | 2421 714 |
苍 生效 命。【生唱】此刻 寒 江似冰，寒 江似冰，点 点 雨淋

5 — ‖ (2-4-5-017)【雨淋铃】 4/4 5511 | 71242 |
铃。 【合唱】情谊已矣，共对吞 声。【生唱】

4252 | 42·45 ⁴2 | サ (2-) 24-456-5-(04
青衫为湿，【旦唱】襟边 为 湿，【合唱】泪雨 交 倾。

2176 ∨5 —)
【二人白】保重呀！

41

俏潘安之店遇

叶绍德　　　　撰曲
盖鸣晖　吴美英　唱

【前奏】 1=C $\frac{2}{4}$ （0 3 5 ｜ 6 5 6 3·2 ｜ 1 6 1 2 3 ｜ 5 7 2 6 ｜

【出场锣鼓】 【生诗白】 万水千山留影侠，五湖四海（介）任翱翔吔！

2 5 3 2 1 2 5 7 ｜ 6 - ）‖ 【长句二流】 $\frac{2}{4}$ （0 2 3 2 1 5 5 5 5 6 ｜

5 1 6 1 2 ） ｜ ⋈ ｜ （0 5 6 5 3 5 2 3 1 2 ｜ 0 5 6 5 3 5 2 3 1 2 ） 2 3 ｜
　　　　　　　　　　　　　　　　　　　　　　　　　　　　　　　　　　　一骑

5 6 5 1 21 ｜ 6 2 1 2 7 6 5 6 ｜ 2 3 1 5 3 2 ｜ 5 3 2 1 5 1 ｜ 5 3 2 ｜
来复 去，多载 别家　　堂，谁愿 哑 嫁育婚　随鸦　唱。才有 寻师

1 2 3 6 ｜ 0 2 6 3 2 1·6 ｜ 1 1 3 5·7 ｜ 6 5 6 1 5 5 3 2 1 ｜ 5 （6
学 艺，　改扮七 尺　昂 藏。

5 1 7 6 ｜ 5 -） ｜ 1 2 3 2 3 5 $\overset{3}{\frown}$ 2 ｜ 5 6 5 $\overset{2}{\frown}$ 1 ｜ 2 7 6 2 7 6 5 ｜
　　　　　　　俏潘　安，　名字　响，闯 荡江 湖

5 2 7 6 5 6 ｜ 2 3 2 1 5 6 1 ｜ 1 2 3 1 3 5 ｜ 6·1 5 3 2 ｜ 0 3 6 ｜
凭胆　量，胸　怀大志 胜 儿 郎，　为 国参 军 不让

6 1 7 6 5 ｜ 0 5 2 1·3 ｜ 2·5 3 2 1 2 7 ｜ $\overset{6}{\frown}$ 1 - ‖ 【合尺滚花】
木 兰，　红玉壮。

（2 5 7 6 1 - ） 5 1 5 $\overset{3}{\frown}$ 2 - 7 7 7 6 5 6 - （7 2 5 7 6 - ） 5 5 6 1 -
　　　　　来到杭 州 地面，　　　　　　　　　　　　　何妨暂歇

（5 5 6 1 ） 5 3 5 3 2 2 1 3 5 - 3 3 2 ——
　　　　雕　　　　鞍。　　【白】啊！眼前有一间客店，我不若在此
投宿一宵，明日再作道理呀！店家！店家！吠！店家在哪里？【旦白】来了！

【西皮】 1=C $\frac{4}{4}$ （0 0 2 7 6 1 5 6 ｜ 1 1 3 2 7 6 5 6 1 ｜ 5 3 5 3 2

$1\dot{5}\ 6\dot{5}\ 6\ \dot{1}$ | $2\ 3\dot{5}\ \dot{2}\cdot\ \dot{5}\ 6\ 1\ 2\ 3\ 1\ \dot{7}\ 6)$ | $5\ 3\ 2\ \dot{5}$ | $6\cdot\ \dot{1}\ 2\ \ 5$

【旦唱】厨中忽闻　唤　叫响，出

$4\cdot\ \dot{5}$ | $3\ 2\ \dot{5}\ 6\ 1\ 2$ | $7\ 2\ 7\ 6\ 5\ \ 2\ 3\ 1\ 2$ | $0\ 3\cdot\ 3\ 2\cdot\ 3$ | $1\cdot\ 7\ 6\ 1$

铺　　面殷勤待客商，店　务　忙，生　意广，　招　呼周　　到，博赚个

$5\ (6\ 1$ | $5\ 3\ 5)$ $5\cdot\ 3\ 6\ 1$ | $2\ (0\ 6\ \dot{1}\ 5\cdot\ 6\ 4\ 5$ | $3\cdot\ \dot{5}\ 2\ 3\ 5\ 6\ 1\ 2$ |

钱，　　　谋　生着　想。　　　　　　【白】哎呀，原来佢好俊

$0\ 7\ 6\ 5\ 6\ 1\ 5\ 6\ 3\ 5$ | $0\ 5\ 3\ 2\ 3\ 5\ 2\ 3\ 1\ 2$ | $0\ 7\ 6\ 5\ 6\ 1\ 5\ 6\ 3\ 5$ |

俏嘅喝！请问呢位壮士，你是否来投店㗎？【生白】有错，我正是来投店呀！

$0\ 5\ 3\ 2\ 3\ 5\ 2\ 3\ 1\ 2$ | $0\ 7\ 6\ 5\ 6\ 1\ 5\ 6\ 3\ 5$ | $0\ 5\ 3\ 2\ 3\ 5\ 2\ 3\ 1\ 2$ |

【旦白】呀，这边正好有一个上好房间，壮士请进啦！【生白】慢……

$0\ 7\ 6\ 5\ 6\ 1\ 5\ 6\ 3\ 5$ | $0\ 5\ 3\ 2\ 3\ 5\ 2\ 3\ 1\ 2$ | $0\ 7\ 6\ 5\ 6\ 1\ 5\ 6\ 3\ 5$ |

想我远道而来，还未用膳，敢烦略备酒菜呀！【旦白】哦，如此说少待呀！

$0\ 5\ 3\ 2\ 3\ 5\ 2\ 3\ 1\ 2$ | $0\ 7\ 6\ 5\ 6\ 1\ 5\ 6\ 3\ 5$ | $0\ 5\ 3\ 2\ 3\ 5\ 2\ 3\ 1\ 2)$ |

【生白】多烦！

$(0\ 0\ 3\ 5)\ 2\ 2$ | $2\cdot\ 3\ 5\ 5\ 3\ 2\ 1\ 6\ 1$ | $2\ \ 2\ 1\ 5\ 6\ 1\ 2$ | $(0\ 0\ 3\ 2\ 1)$

【旦唱】过客纵　多佳　客　访，使　人另眼看。

$1\ 6\ 5$ | $2\cdot\ 3\ 1\ 2\ 3\ (1\ 2\ 3\ 5\ 3)$ | $1\ 2\ 7\ 6\ 5\ 6\ 7$ | $6\cdot\ (3\ 2\ 3\ 1\ 3\ 5$

醉人英　风，　　　再生宋玉临　世　上，

$6)$ | $1\cdot\ 3\ 7\ 6\ 5\ (6\ 1$ | $5\ 6\ 5)\ 2\ 2\ 0\ 5\ 0\ 6$ | $1\cdot\ \dot{5}\ 6\ 1\ 2$ | $0\ 7\cdot\ 2$

美　哉少　年　　　翩翩豪　汉，凝望再三，　眼

$6\ 1$ | $5\cdot\ 6\ 7\ 6\ 7$ | $0\ 2\cdot\ 3\ 1\cdot\ 3\ 2\ 3$ | $5\cdot\ 6\ 1\ 3\ 5$ — ‖

前　俊俏款　接　殷　勤，下礼忙忙。【白】你等一阵

【滚花】$(3\ 5\ 2\ 3\ 1 —)\ 2\ 1\ 3\ 5\ 2\ 1\ 1\ 1\ 3\ 5\ (5\ 5$

喇吓！【生白】吓，奇怪罗！　　　　【唱】此际堂前款客女云　环，

43

$\widehat{21135}$) $7\dot6\dot6\dot5-5-3\dot2\dot1-1\overbrace{21}2$ —— 【小锣相思】$\frac{2}{4}$ ($\dot5\dot5$

试问为谁　抛　色　相？

$\dot5\dot5$ | $\dot5\dot5\dot1\dot2$ | $\dot5\dot5\dot5\dot5$ | $\dot5\dot5\dot1\dot2$ | $\dot5\dot5\dot5\dot5$ | $\dot5\dot5\dot1\dot2\dot3$ | $\dot2\dot3\dot3$)

【减字芙蓉】 $0\dot2\dot2$ | $\dot5\dot3\dot6\dot6$ | $\dot10\dot3\dot5$ | $\dot6\dot6\overbrace{\dot5\dot6}\dot1$ | $\overbrace{\dot1\dot2}\dot7\dot6\dot5$ |

【旦唱】几款　杭州地道　菜，系我　亲手试　羹　汤。

($5\cdot\dot6\dot5\cdot3$ | $\dot23\dot5\dot6\dot1$ | $\dot5\dot6\dot1\dot5\dot6\dot5\dot3$ | $\dot2\dot1\dot2\dot3\dot5$) | $\dot27\dot1\dot3$ |

酒是女儿

$5\dot01\dot6$ | $\dot3\dot5\overbrace{\dot5\dot2}7$ | $\dot6\cdot1\dot2$ | ($\dot23\dot2\cdot7$ | $\dot6\dot12$ | $\dot2\dot35\dot2\dot32\dot7$ |

红，乃是　陈年名佳　　酿。　　　　　　　　　　　【生白】系咩?

$\dot6\dot5\dot6\dot12$) $\dot5\dot3$ | $\dot3\dot5\dot5\dot1$ | $\overset{\curvearrowleft}{\dot2}0\dot2\dot6$ | $\dot6\dot5\dot5\dot2$ | $\overbrace{\dot1\dot7\dot6\dot5}$ | ($\dot5\dot6$

【唱】难得　佳肴和美　酒，今日　齿颊也留　香。

$5\cdot3$ | $\dot2\dot35$ | $\dot5\dot6\dot1\dot5\dot6\dot5\dot3$ | $\dot2\dot35$) ‖ 【滚花】$\dot25\dot2\dot16\overbrace{\dot3\dot2}\dot1$

几回浅酌复轻

5 ($\dot5\dot1\dot6\dot1\dot5\dot1\dot6\dot1\dot5-$)　　　$\dot3\dot3\dot6\dot5$ ($\dot3\dot3\dot6\dot5$) $\overset{5}{\curvearrowleft}\dot31-\overbrace{1\dot2}$ ——

尝，【旦白】点样啦壮士?【生唱】色香味全　　　　　堪赞　赏。

【旦白】多谢壮士你过誉叻!【生白】小姑娘，请恕冒昧有一事相问呀，何以客店中只得姑娘你一人款客呢? 莫非你并无父母兄弟嘅?【旦白】唔系，只为我父女二人赖设小店谋生，小女子亲力亲为，无非为咗两餐着想啫。【生白】所谓人贵自立，你又何用愧形于色呢? 我为怕你遭人欺负，才有如此一问啫，请恕我唐突红妆呀!【旦白】壮士侠骨柔肠令人钦敬，小女子钱琼珠拜问壮士高姓大名，何幸认识一位英雄好汉呀!【生白】钱姑娘呀，我姓楚名云，立志参军报国，多年在江湖行走，绰号俏潘安呀!【旦白】吓，你，你

【杨翠喜】1=C $\frac{4}{4}$ ($0\dot3\dot21$) $3\dot5\dot27$ | $\dot6\dot15\dot6\dot1$ ($\dot32$)

就系俏潘安呀?　　　　啊——　　【旦唱】粉雕　玉琢

$\overbrace{\dot1\dot6}\dot1\dot23\dot23\dot5$ | $\dot23\dot205\dot6\dot72\dot72\dot76$ | $\dot53\dot5\dot6\dot1\cdot\dot76\dot76\dot5$ |

俏　潘　　安，　何幸剑胆有心仗义　垂　怜落絮，　春阴足以

44

3 5 7 | 6 6 3 6 5 3 5 7 | $\overset{7}{6}$ | (6 5 3 5 6) 3 5 2 3 5 3 5 3 2 | 1 6
护冷 香, 识荆足慰淡素 妆。 【生唱】唯恐名 花减色惊心 冷雾

1 6 1 2 3 · (5) 6 1 6 5 | 3 2 5 3 2 7 6 1 5 6 5 6 1 | 2 · 3 5 · 6
蔽月痛减光, 苦将真相 问殊莽撞。堪敬玉 梅凛然傲雪 霜,为了 生

4 · (5) 3 5 3 2 | 1 1 0 5 6 7 2 7 2 7 6 | 5 3 5 6 1 (2 7)
计 不惜抛色 相呀。【旦唱】沦落市井弱质暗自 惭 形 秽,

6 7 6 5 3 5 6 1 | 5 (3 5 6 7 6 7 2 3 2 7 6 7 1 7 1 7 6 5 6 3 5)2 5 ‖
惊心一旦辱了惜花 汉。 【生白】钱姑娘呀! 【唱】污泥

【二黄】 5 5 1 6 5 1 2 (6 5 6 1 2 3 1 2) 6 2 | 5 5 3 2 0 5 2 3
难 染白莲 香, 陋室 难将 明珠

1 (5 1 2 3 1 2 3 1) 5 6 | 1 1 2 1 7 6 5 3 5 2 3 2 7 6 (2 7
葬, 今日 有 缘 相 遇

6 7 6) 5 1 | 5 1 2 1 7 6 5 6 3 5 2 · 3 1 · (7 6 5 6 1 5 3 5 | 5 3 5 1)
何故 低 首

5 · 6 1 · 6 1 6 1 2 3 · 3 2 3 5 3 2 1 | 6 1 5 (2 1 6 1 5 6 1 · 3
惊 惶?

2 3 4 5 3 2 7 6 5 6 1 5) 6 2 | 6 6 1 2 3 1 · 7 6 7 6 5 3 5 6 3 5 (6 1
莫非 淡 素 娥 眉,

5 3 5) 1 1 | 3 3 2 0 5 6 1 2 1 7 6 5 (2 3 2 7 6 5 1 2 1 7 6 | 5 6 3 5)
怪我 出 言

3 2 3 2 3 5 2 0 1 0 7 6 5 6 7 2 6 1 5 | 6 1 (3 5 3 2 1 2 3 5 2 1 7 6
冲 撞? 【旦白】唔系!

5 7 6 1 5 6 1 2 3 1) 6 1 | 2 7 2 7 6 5 3 5 5 6 7 2 6 (3 5 6 7) 6 2 1 |
【唱】谢你关 怀 垂 问, 触起我

$\overbrace{2\ 7}\ 7\ \overbrace{2\ 7}\ \overbrace{6\ 5}\ \overbrace{6\ 3}\ \overbrace{5}\ \overbrace{1\ 7\ 1}\cdot(\overbrace{7\ 6}\ \overbrace{5\ 6}\ \overbrace{1\ 5}\ \overbrace{3\ 5}\ |\ \overbrace{1\ 2\ 7\ 1})\ \overbrace{5\ 3}\ \overbrace{2\ 1}\ (\overbrace{5\ 3\ 2}$
身　　世　　　　　　　　凄

$\overbrace{1})\ \overbrace{3\ 3}\ \overbrace{2\ 2}\ \overbrace{7\ 6}\ \overbrace{5\ 1}\ \overbrace{0}\ \overbrace{2\ 7\ 6}\ |\ \overbrace{5\ 1}\ \overbrace{1\ 1}\ \overbrace{1\ 3}\ 5\ -\ \|$　【杨翠喜】$0\ \overbrace{6}\ 5\cdot\overbrace{6}$
凉。　　　　　　　　　　【生唱】惊见

$\overbrace{5\ 6}\ 1\ |\ \overbrace{2\ 3}\ \overbrace{4\ 5}\ 3\cdot\overbrace{5}\ \overbrace{3\ 5}\ \overbrace{2\ 1}\ \overbrace{3\ 5}\ 61\ |\ 5\ (\overbrace{0\ 7\ 6})\ 5\cdot\overbrace{6}\ \overbrace{6\ 5}\ 3\ |\ 2$
孤　帆　逢　恶　浪，佢缘　何　泪似丝　降？　　　溅　衣　裳。

$\overbrace{0\ 3\ 5}\ \overbrace{2\ 2\ 2}\ (\overbrace{3\ 5})\ |\ \overbrace{2\ 3}\ \overbrace{5\ 3}\ \overbrace{5\ 3}\ \overbrace{2\ 1}\ \overbrace{6\ 1}\ \overbrace{6\ 1}\ 2\ |\ 3\ \overbrace{6\ 5}\ \overbrace{6\ 1}$
【旦唱】受宠心惊慌，　　撩　起凄　酸　往事倍令我悲　伤，君送一分

$\overbrace{5\ 6}\ \overbrace{4\ 3}\ \overbrace{2\ 3}\ \overbrace{4\ 5}\ |\ 3\ \ \overbrace{0\ 2}\ \overbrace{7\ 6}\ \overbrace{5\ 6}\ \overbrace{1\ 5}\cdot\overbrace{7}\ |\ \overbrace{6\ 1}\ \overbrace{5\ 6}\ 1\ \overbrace{3\ 2}$
暖　叹未能　永倚　仗。【生唱】一滴泪儿万缕情，　　默送弦外意，惊倒

$\overbrace{1\cdot\overbrace{2}\ \overbrace{3\ 2\ 3}}\ |\ \overset{3}{\overbrace{2}}\ -\ \|$
俏　潘　安。　【白】只见花迎人笑，鸟欲投怀，少女思春，我也不禁

怦然心动，眼看青春丽影楚楚可人，倘我是男儿呀，要立刻将她迎娶，哎呀怎奈
我有口难言有苦难诉，徒唤奈何呢！【旦白】唉！壮士呀，小女子感怀身世，令
壮士不安，乞求恕宥呀！【生白】钱姑娘那里话来呢，难得交浅言深，能否将辛
酸往事说将出来，或可替你分忧解恨呀！【旦白】壮士请听呀！【木鱼】

$\overbrace{3\ 6}\ \overbrace{7\ 2}\ \overbrace{6\ 7}\ \overbrace{6\ 6}\ \overbrace{1\ 2}\ \overbrace{2\ 7}\ \overbrace{6\ 1}\ \overbrace{7}\ \overbrace{1\ 2}\ \overbrace{5\ 4}\ \overbrace{3\ 7}\ \overbrace{2\ 3}\ \overbrace{2\ 5}\ \overbrace{1}\ \overbrace{2\ 3}\ 1$
【旦唱】当日父女沦落穷途上，高　年染病费　周张，幸得恩公名李广，

$\overbrace{7\ 6}\ \overbrace{5\ 3}\ \overbrace{2\ 1}\ \overbrace{1}\ \overbrace{5\ 6}\ \overbrace{7}\ \overbrace{6\ 1}\ 5\ ——$
佢命人周　济送钱　粮。【生白】哦看来李广名不虚传呀，系呢，后来又怎样呀？

$\overbrace{7\ 6}\ \overbrace{1\ 6}\ \overbrace{3\ 1}\ \overbrace{5\ 3}\ \overbrace{2\ 1}\ \overbrace{1\cdot\overbrace{2}}\ \overbrace{3\ 2}\ \overbrace{2\ 3}\ \overbrace{6\ 2}\ \overbrace{2\ 3}\ 3\ ——$
【旦唱】佢为老弱将　来生　计想，　　客店开成接客商。　【生白】哦言则他

他他生来容貌如何呢？　　【旦唱】哎独惜恩公仪范我难瞻　仰，只有将长生

$\overbrace{7\ 6}\ \overbrace{3\ 6}\ \overbrace{6\ 3}\ \overbrace{2\ 7}\ \overbrace{7\ 6}\ \overbrace{1}\ 5\ ——$
禄位供奉在中　　堂。【生白】哎呀，如此英雄豪杰，真系难得呀！

$\overbrace{6\ 3}\ \overbrace{3\ 3}\ \overbrace{5\ 6}\ \overbrace{1\ 5}\ \overbrace{3\ 2}\ \overbrace{6\ 1}\ \overbrace{2\ 1}\ \overbrace{3\ 5}\ \overbrace{3\ 2}$

【中板】1=C $\frac{2}{4}$

46

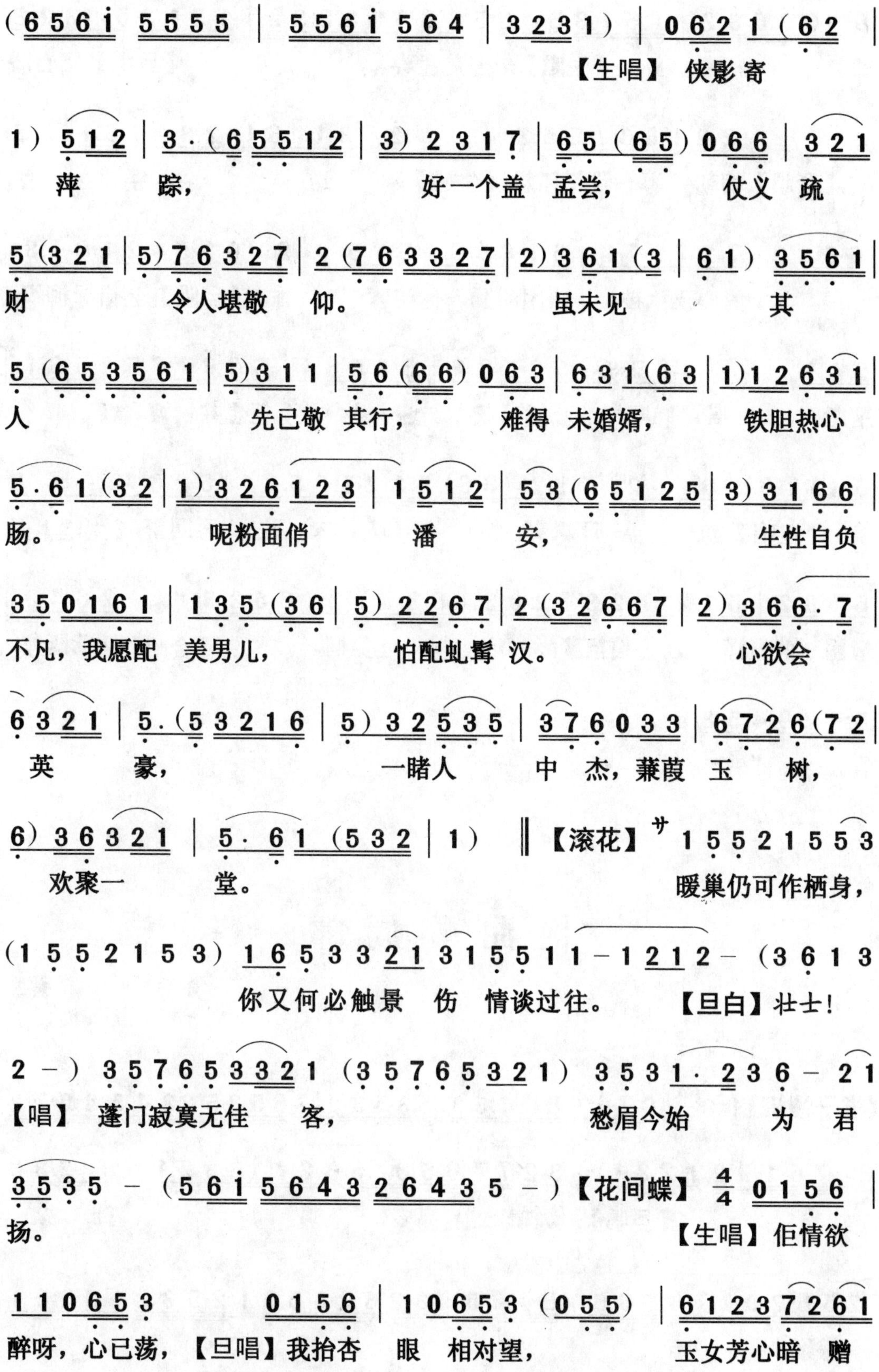

(6 5 6 1 5 5 5 5 | 5 5 6 1 5 6 4 | 3 2 3 1) | 0 6 2 1 (6 2 |

【生唱】侠影寄

1) 5 1 2 | 3·(6 5 5 1 2 | 3) 2 3 1 7 | 6 5 (6 5) 0 6 6 | 3 2 1

萍 踪， 好一个盖 孟尝， 仗义 疏

5 (3 2 1 | 5) 7 6 3 2 7 | 2 (7 6 3 3 2 7 | 2) 3 6 1 (3 | 6 1) 3 5 6 1

财 令人堪敬 仰。 虽未见 其

5 (6 5 3 5 6 1 | 5) 3 1 1 | 5 6 (6 6) 0 6 3 | 6 3 1 (6 3 | 1) 1 2 6 3 1

人 先已敬 其行， 难得 未婚婿， 铁胆热心

5·6 1 (3 2 | 1) 3 2 6 1 2 3 | 1 5 1 2 | 5 3 (6 5 1 2 5 | 3) 3 1 6 6

肠。 呢粉面俏 潘 安， 生性自负

3 5 0 1 6 1 | 1 3 5 (3 6 | 5) 2 2 6 7 | 2 (3 2 6 6 7 | 2) 3 6 6·7

不凡，我愿配 美男儿， 怕配虬髯 汉。 心欲会

6 3 2 1 | 5·(5 3 2 1 6 | 5) 3 2 5 3 5 | 3 7 6 0 3 3 | 6 7 2 6 (7 2

英 豪， 一睹人 中 杰，兼葭玉 树，

6) 3 6 3 2 1 | 5·6 1 (5 3 2 | 1) ‖【滚花】� 1 5 5 2 1 5 5 3

欢聚一 堂。 暖巢仍可作栖身，

(1 5 5 2 1 5 3) 1 6 5 3 3 2 1 3 1 5 5 1 1 - 1 2 1 2 - (3 6 1 3

你又何必触景 伤 情谈过往。 【旦白】壮士！

2 -) 3 5 7 6 5 3 3 2 1 (3 5 7 6 5 3 2 1) 3 5 3 1·2 3 6 - 2 1

【唱】蓬门寂寞无佳 客， 愁眉今始 为 君

3 5 3 5 - (5 6 1 5 6 4 3 2 6 4 3 5 -)【花间蝶】 $\frac{4}{4}$ 0 1 5 6 |

扬。 【生唱】佢情欲

1 1 0 6 5 3 | 0 1 5 6 | 1 0 6 5 3 (0 5 5) | 6 1 2 3 7 2 6 1

醉呀，心已荡，【旦唱】我抬杏 眼 相对望， 玉女芳心暗 赠

47

5 (0 3 5 3 2 | 1 5 1 3 5·) 6 5 7 6 5 (3 5 3 2 | 1 5 1 3 5·) 3 2 3

郎。　　　　　【生唱】未逢盖孟尝，　　　　　　　【旦唱】倾心潘

2 | 　2 2 1 6 6 1 5 5 2 | 2·3 1 (6 1) 2 3 2 1 6 1 | 2

安，【合唱】朝朝　暮暮我长怀想，【生唱】风　送　一　缕　香，

(0 5 3 2) 7 2 7 2 7 6 | 5 1 3 5 6 1 5 3 5 | 2 (0 3 5) 2 1 6 1 3 |

　　内心已　被　　情困朦胧入抱芙蓉　　香。【旦唱】乞借绿柳织

2 4 1 　0 6 5 3·5 6 5 6 1 | 5 3 5 6 1　5 6 6 1 6 5 3 5 6 1 |

胭脂网，【生唱】睇吓嫩　蕊娇　花　　迎　人　笑，佢想共　渡　情

5 (0 7 6) 5 1 0 2 | 5 1 2 (6 6) 5 3 2 1 3 5 6 1 | 5 2 3 　　1

航。【旦唱】沉醉　英　风飒爽，　　背人　未　敢　再回望，【生唱】佢

5 1 0 2 | 5 1 2 7 2 3 7 2 0 3 | 6 3 6 7 2 (6 5 3 5) 　　2 6 4 3 |

情困　俏潘　安，为怕招孽障，心　情　迷复惘。　　　【合唱】情莺隔岸

5 (2 6 4 5 3 5) ‖

看。

艳曲醉周郎

陈锦荣　　　　撰曲
黄伟坤　曹亚敏　唱

【梆子慢板】1=C 4/4 (0 7 6 i 5 6 4 5 3·5 3 5 3 2 | 1 6 5 3 5 2 3 4 5 3 2 7 2

6·7 6 1 2 3 1 2 3 1) | 6 2 7 7 6 5　3·5 3 2 1 (5 3 2 1) | 1·2 3 3

　　　　　　　　　　　　　【旦唱】傍枕怨　离多，　　　　　　拥衾

2 5 6 2 0 2 7 6 5 6 5 (6 1 6 5 | 3 2 3 2 3 5 6 1 2 5 3 2 1 3 5 6 1

嫌聚少，

48

$\widehat{5\ 6\ 3\ 5}$) | $\underline{2\ 5}$ $\widehat{6\ 1\ 0\ 2\ 7\ 6}$ $\widehat{5\ 1\ 0\ 2\ 3\ 5}$ $\widehat{3\ 2\ 2\ 6}$ | $\overline{5\cdot\ 6}$ $\widehat{1\ 0\ 7\ 6\ 5}$

可怜病瘦 　　　郎 　　腰，只为 勤

$\underline{3}$ ($\widehat{3\ 5\ 6\ 1}$ $\widehat{5\ 6\ 1\ 6\ 1\ 6\ 5}$ | $\widehat{3\ 2\ 1\ 3}$) $\widehat{7\ 2\ 7\ 6\ 5}$ ($\widehat{7\ 6\ 5}$) $\widehat{6\ 7\ 6\ 7\ 2}$

劳 　　　　　　　国

$\overline{6\cdot\ 1}\ \widehat{7\ 6\ 5}$ | $\underline{1}$ ($\widehat{3\ 5\ 3\ 2\ 1\ 6}$ $\widehat{1\ 6\ 1\ 2}$ $\widehat{3\ 5\ 3\ 5\ 3\ 2\ 1\ 2\ 3\ 1}$) | $\underline{1\ 1\ 2\ 3}$

政。 　　　　　　　　　　　　　　破晓

$\underline{1\ 3\ 2\ 1}\ \overline{5\cdot\ 6}\ \underline{1}$ ($\widehat{5\ 3\ 2\ 1}$) | $\widehat{3\ 2\ 7\ 6}$ ($\widehat{3\ 2\ 7\ 6}$) $\widehat{3\ 5}\ \widehat{6\ 0\ 2\ 7\ 6}$

雨初 晴， 　　　一 夜 花狼籍，

$\underline{5\ 6\ 5}$ ($\underline{3\ 5}$ | $\underline{\dot{1}\ 3\ 3\ 5\ 3\ 5}$ $\underline{\dot{1}\ \dot{1}\ 3\ 3\ 5\ 6}$ $\underline{\dot{1}\ 5\ 6\ 3\ 5}$) | $\underline{5\ \dot{1}\ 3\ 3}\ \widehat{0\ 3\ 5\ 5\ 6\ 7\ 2}$

　　　　　　　　　　　　　　　　　　难禁春色 横眉

$\overline{6}\ \underline{2\ 7}$ | $\widehat{7\ 0\ 2\ 7\ 6}$ $\underline{5\ 6\ 5}\ \overline{5\cdot\ 7}$ $\widehat{6\ 7\ 2\ 6}$ ($\widehat{7\ 6\ 7\ 2}$ | $\widehat{6\ 7\ 6}$) $\overline{3\cdot\ 5}\ \widehat{1\ 0\ 2\ 7\ 6}$

黛，羞说 雨 　　　意 　　云

$\underline{5\ 6\ 1\ 6\ 5\ 3\ 5}$ | $\widehat{2\ 3\ 2}\ \widehat{0\ 3\ 4\ 5\ 3\ 5}$ ($\widehat{3\ 5\ 6\ 1}\ \widehat{5\ 6\ 3\ 5\ 3\ 5}$ | $\underline{2\ 3\ 1\ 2\ 1\ 2\ 3}$

情。 　　　　　　　　　　　　【白】一自周郎抱恙，令我废寝忘餐，小

$\underline{1\ 6\ 1\ 6\ 1\ 2}\ \overline{\cdot\ 3\ 1}\ \underline{2\ 3\ 1\ 4\ 5\ 3}$ | $\underline{5\ 5\ 5\ 0\ \dot{1}\ 6\ 5\ 4\ 4\ 4\ 3\ 5\ 4\ 3\ 5\ 3\ 2}$ |

心照料，半月来侍奉殷勤，幸喜爱郎安然痊愈，更难得吴侯调令周郎悉心静养，

$\underline{1\ 1\cdot\ 2\ 7\ 6\ 5\ 5\ 5\ 5\ 6\ 4\ 4\ 4\ 3}$ | $\underline{5\ 5\ 5\cdot\ \dot{1}\ 6\ 5\ 4\ 4\ 4\ 5\ 3\ 5\ 3\ 5\ 3\ 2}$ |

莫再操劳，少年夫妻也好朝夕依傍呀！

$\underline{1\ 6\ 5\ 3\ 5}\ \underline{\dot{1}\ 7\ 6\ \dot{1}\ 5}\ \underline{5\ 5\ 5\ 6\ 5\ 3}\ \underline{2\ 3\ 5\ 3\ 5\ 3\ 2}$ | $\overline{1\cdot\ 5}\ \underline{6\ 5\ 3\ 5}\ \underline{1\ 2\ 3\ 5\ 3\ 2\ 2\ 7}$

$\overline{6\cdot\ 7}\ \underline{6\ 1\ 2\ 3}\ \underline{1\ 2\ 3\ 1}$) | $\widehat{3\ 2\ 7\ 6\ 6\ 1\ 5}$ $\widehat{3\ 2\ 1\ 0\ 5\ 3\ 2\ 1}$ ($\widehat{5\ 3\ 2\ 1}$) |

　　　　　　　　【接唱】朝 　夕侍 茶汤，

$\widehat{7\ 2\ 7\ 6}$ ($\widehat{3\ 2\ 7\ 6}$) $\widehat{2\ 1\ 2}\ \overline{\cdot\ 3\ 4}\ \widehat{5\ 3\ 5}$ ($\widehat{6\ 1\ 6\ 5}$ | $\underline{3\ 2\ 3}\ \overline{\cdot\ 5}\ \underline{6\ 5\ 1\ 2\ 5\ 3\ 2}$

半 月 影随 　　形，

$\overline{1\ 5}\ 5\ 5\ 5\ \underline{3\ 2}\ |\ \underline{1\ 2}\ \underline{7\ 6}\ 5\ )\ |\ \underline{2\ 2\ 7}\ \overset{\smile}{6\cdot}\ (\underline{7})\ \underline{2\cdot\ 5}\ \underline{3\ 2\ 7}\ |\ \underline{2\ 3}\ \underline{3\ 5\ 6}$

　　　　　　　　　　　　　　　　　爱煞佢儒　雅　　温文，

$\underline{7\cdot\ 2}\ \underline{7\ 6}\ \underline{5\cdot\ 6}\ \underline{1\ 1}\ |\ \underline{3\ 5\ 3\ 2}\ \underline{1\ 1\ 2\ 3}\ \underline{4\ 2\ 3\ 1}\ 2\ |\ 3\ (\underline{3\ 5\ 3\ 2}\ \underline{1\ 2\ 3\ 5}\ \underline{2\ 3\ 1\ 2}\ |$

恨煞佢争　　强　　　　　　

$\underline{3\ 4\ 5\ 3}\ )\ \underline{7\ 7\ 6\ 5}\ \underline{3\ 5\cdot\ 6}\ \underline{7\ 6\ 7\ 2}\ \underline{6\cdot\ 1}\ \underline{2\ 1\ 5}\ |\ \underline{1\cdot\ 2}\ \underline{3\cdot\ 5}\ \underline{3\ 2}\ \overset{\vee}{1}\ -\ \|$

好　　　　　　　　　　　　　　胜。

【顺三捶诗白】　正是儒将风流谁不美，但愿从今不再（介）动刀兵呀！

【板桥霸】1=G $\frac{2}{4}$　$(\underline{2\ 1\ 2\ 3}\ \underline{5\ 2\ 6\ 5}\ 3\ 5\ |\ \underline{2\ i\ 7\ 6}\ \underline{5\ 3\ 5\ 2}\ \underline{3\ 2\ 3\ 2\ 7}\ |$

$\underline{6\ 6\ 1\ 5}\ \underline{6\ 1}\ \underline{5\ 6\ 1}\ |\ \underline{2\ 6\ 5\ 3}\ \underline{2\ 3\ 5}\ |\ \underline{2\ 3\ 2\ 1}\ \underline{2\ 3\ 5}\ \underline{2\ 3\ 5}\ )\ |\ \underline{2\ 1\ 2\ 3}$

　　　　　　　　　　　　　　　　　　【生唱】郎

$\underline{5\cdot\ i}\ \underline{6\ 5}\ |\ 3\cdot\ (\underline{2\ 3\ 4\ 3})\ |\ \underline{6\cdot\ i}\ \underline{6\ 5}\ \underline{3\cdot\ 5}\ \underline{6\ i}\ |\ 5\cdot\ (\underline{6\ i}\ \underline{5\ 6\ 1}\ \underline{5\ 3\ 5}\ )$

养　　病，　　　妻　侍　应，

$\underline{6\cdot\ i}\ \underline{6\ 5}\ \underline{3\cdot\ 2}\ |\ \underline{1\ 3\ 6\ 1\ 2}\ |\ \underline{5\cdot\ 6}\ \underline{5\ 3}\ \underline{2\ 3\ 5}\ \underline{0\ 5\ 6}\ |\ 1\cdot\ (\underline{2\ 1\ 6\ 1}\ )\ |$

伤　病　能　痊　愤　难　　平。

$\underline{i\ 6\ 5\ 3}\ \underline{3\cdot\ 5}\ \underline{6\ i}\ |\ 5\cdot\ (\underline{6\ i}\ \underline{5\ 6\ 1}\ 5\ )\ |\ \underline{5\ 6}\ \underline{0\ 1\ 1}\ \underline{2\ 3\ 5}\ |\ 2\ (\underline{2\ 3\ 2\ 1}$

偷　调　　将，　　暗　行　　兵，

$\underline{6\ 1\ 2}\ )\ |\ \underline{3\ 5\ 6}\ \underline{5\ 3\ 5}\ |\ \underline{2\ 2\ 1}\ |\ \underline{0\ i\ 6\ 5}\ \underline{3\cdot\ 5}\ \underline{6\ i}\ \overset{\vee}{}\ |\ 5\ -\ \|$

誓杀孔　明何惜　　力　　拼。

【旦白】哦，周郎夫！　【生白】小乔妻呀！　【旦白】周郎夫，你伤病初愈，

【二黄板面】1=C $\frac{4}{4}$　$(\underline{0\ 2\ 7\ 6})\ |\ \underline{5\ 3\ 5\ 6}\ \underline{7\ 6\ 7\ 2}\ \underline{7\ 2\ 7\ 6}\ \underline{5\ 3\ 5}\ |$

缘何早起呢？哦，莫非你……　【旦唱】难　忘　领　军，有心暗自回　营，

$\underline{0\ 3\ 4\ 3\ 2}\ \underline{7\ 7\ 6}\ \underline{7\ 6\ 7\ 2\ 7\ 6}\ \underline{5\ 3\ 5\ 6}\ \overset{\vee}{}\ |\ \overset{\cdot}{1}\ \ \|$

香　衾　冷暖　我　自　知　情　难　　永。　　　【白】系唔系呢？

【生白】唉也，为免爱妻疑，小心来对应。公事不能忘，私情刻骨铭呀，小乔妻！

50

【续前腔】（0 6 <u>1</u>） <u>5 1</u> <u>2 3</u> <u>5 3</u>·（<u>5 3</u> <u>2 3 5</u>） <u>2 3</u> <u>2 1</u> <u>6 5</u> <u>6 1</u> | <u>5</u>·<u>6</u> <u>1 3</u>

【生唱】恩爱　夫妻，　　　花朝月夕　情，共对忘

<u>5</u> （<u>0 2 7 6</u>） <u>5 3</u> <u>5 6</u> <u>1 2</u> <u>7 6</u> <u>5</u> | <u>6 5</u> <u>3 5</u> <u>3 2</u>·<u>5 6</u>·<u>1 2</u> <u>3 2 1</u> ‖

形，　　唯求长住武　　陵，　早晚乐唱　随，无暇　再掌军　政。

【长句二黄】 <u>2</u>·<u>3</u> <u>6 7</u> <u>2 6</u> <u>1 2 3</u> <u>5 3 2</u> （<u>1 2 3 5</u> <u>2 3 1 2</u>） | <u>6</u>·<u>1</u> <u>2 2</u>

【旦唱】爱　君才貌冠群　　　英，　　　恨　你喜功

<u>3 7</u> <u>7 6</u> <u>5 6 1</u> （<u>5 7 6 5</u> <u>1 2 3</u>） <u>2 6</u> | <u>2 2 6 3</u> <u>2 7 6 5</u> <u>3 5 6</u> <u>7</u> <u>6 5</u> |

和好　　胜，　　　辜负一　帘花　　月，偷怨

<u>5 3 2</u>·<u>5 6 5 4</u> <u>5</u> （<u>2 5 6 4</u> <u>5 6</u>） <u>6 2 1</u> | <u>5 3</u> （<u>5 3 5</u>） <u>1</u> （<u>2 3</u>）

雨滞云　　停，　　　未敢以　儿　女

<u>5 4 3 3 2</u> （<u>3 5 2 3</u>） <u>5 6 1</u> | <u>3 2</u> （<u>7 6</u>） <u>5 3 5 1</u> （<u>5 7 6 5 1</u>） <u>5 5 3</u> |

之　私　埋没了　英　　雄　性，　最怕是

<u>1</u>·<u>7 6</u>·（<u>7</u>） <u>6 7 6 5 2 3</u> <u>5</u> <u>2 7</u> | <u>7 0 2 7 6 5 6 5</u> （<u>0 5 6</u>） <u>1 2 3 1</u> （<u>2 7</u>

鸳　衾初　　暖,转瞬化　　　作

<u>6 5 6 1 5 3 5</u> | <u>1 7 1</u>） <u>6 4 6</u> （<u>4 6</u>） <u>5 3 5 3 2</u> <u>1 2 3</u> <u>0 6 1</u> | <u>3 2</u> （<u>2 3 2 7</u>

寒　　　冰。

<u>6 4 6 3 5 3 2 1 3 6 1 2 3</u>） <u>1 6 1</u> | <u>5 0 5</u> <u>2 0 2 7 6</u> <u>5</u>·<u>5 2</u> （<u>3 5</u>

你莫个　言不　由　衷，

<u>2 3 2</u>） <u>5 6</u> | <u>3 2 0 7 6 5 3</u>·<u>5 2 1 2 3 5</u> （<u>6 7 6 5 3</u>·<u>5 2 1 2 3</u>

长令闺　　人

<u>5 6 3 5</u>） <u>4</u>·<u>3 2</u>·<u>3 2 3 2 7 6 1 6 0</u> | <u>2 1</u> （<u>0 1 6 1 4 4 3 2 3 2 1</u>

悲　　　独　　影。

<u>6 0 1 6 1 2 3 1 2 3 1</u>） | <u>2</u>·<u>7 6</u> <u>1 5 3 2 1 2</u> （<u>1 2 3 5 2 3 1 3 2</u>） |

【生唱】妻　莫叹孤　清，

51

$\overbrace{2765}(2765)$ $561(57651231)$ | $325435\underline{2}(35232)$

痴 郎　　　情义永，　　　江　东

$\overbrace{1231}(23121)52$ | $762512765 \cdot (32765635)$

铁 汉，　　何敢 冷落娉　婷。

$2 \cdot 5327 \cdot (27)$ 6543621 | 646 $3235327(3532$

半 月　　闲居，谢妻你 疗 伤 病，

$7)626$ | $53532(232)5352(35232)11$ | 10276

愿此后 长 相　厮　守，　　我两 似

$5352 \cdot 31(2765615\underline{35}$ | $121)353(53)6765$

影　　　　　　　随

351276 | $5(576535365351276\underline{5635})66$ | 10327

形。　　　　　　　　夜夜 对

$6054332(35232)27$ | $325612176\underline{5} \cdot (32527$

月 飞 觞，　　向住 温　柔

67132176 | $5635)5656561203727650\underline{3615}$

　　　　谁愿

$2 \cdot 31(1 \cdot 765135$ | $2327\underline{6561} \overset{\lor}{5}-)$ ‖ 【泣残红】1=C $\frac{4}{4}$

醒。【旦白】夫郎，此话当真？【生白】为夫并无虚言呀！

(0327) | $65612 \cdot 5321237\underline{65}$ | $(045)053761\underline{2}$

【旦唱】并头共诉心 声 盼君 永重情，　　千忧 尽扫清。

$(076126\dot{1})5321356$ | $5323453(6535)231076\underline{53}$

【生唱】有 如 鲽鹣赋同 命，　沧桑变 未渝

$5(3532)161256432(3532)$ | $767223204 \cdot 56$

情，　我愿永享温 馨，　　翠袖永倚郎 怀两 心

52

5 | 6·5 3 (32) 7̂6̂7̂2̂3 (2723) | 5·4 3 7̂2̂3·(2) 7̂2̂3

应，花　间　弄　蝶　影，　　今　生伴爱卿　白发相

2 (32321 | 512) 3272676 676 | 0123 52·(3) 2·3

敬。　　　【旦唱】一语尽扫闲　愁，娥　眉　暗　高兴，　两心

2̂5̂2 | 1252 43 (672365) | 3235 643 27676 | 0176

倾,情天　爱海枝连蒂并，　　　入怀　轻　靠傍,心意荡　漾　拒

5̂6̂5　　1̂1̂6̂5̂6̂5̂4 | 2̂2̂4̂5̂6̂4̂6 5̂ 5 - ‖ (7 - 6 - 5 -)

还　迎。【生唱】笑抱　云　环　阵阵　幽香醉心　旌。【旦白】吓，真嘅？

【木鱼】6322566363226772677-323- 12355

【唱】难得细语喁喁谈心　境，敢问事业爱情孰重　轻？【生唱】两者当求同

3211332166512765 ——

兼　并，一生　伟愿望能　成。　　【旦白】周郎夫，倘若两者不可兼得，
你又如何选择呢？【生白】大丈夫生于乱世，应创一番功业，难道贤妻不为我谅吗？

【木鱼】26622633 2732 63367 2232323- 163

【旦唱】说甚名将美人相辉　映呀，赢得空房独拥半衾　冰。【生唱】我地三

3276351 1 6353216 1·23 56 16 5 ——

生　石上留名姓呀，莫因离多　聚少　恨盈　盈。【白】贤妻，为夫心
意你竟不知，好啦！我此后定当忙里偷闲，陪伴你左右，再不敢把贤妻冷落呀！

【滚花】（35231-）35·61635 1·23

【旦白】但愿如此！　　　　　【旦唱】双娥　有若春云展，

（3576351·23）3531（3531）6-2·34535-（2143

回眸一笑　　　默含　情。

5-）2165326165（6532615）02613135（3135）

此际愿郎挥手拨五弦，　　好待我歌舞堂前

53

5 - 7̂6̂7̂6̂1 - (35231̣ -) 353133̂7̂6̂ (3̣531̣33̣6̣) 03
来　助　兴。　　　　　　【生唱】夫人歌舞称双　绝，　　　　则

1̲1̲2̲3̲5̲1̣ (2̲3̲5̲1̣) 1̲3̲5̲1 ——
怕我久疏琴韵　　　　　奏不成呀！　【旦白】啊，夫郎，你何故如斯扫兴呀！

【生白】贤妻不要动怒，为夫献丑就是！【诗白】待我拨弦轻奏相思调，
【旦接】载歌载舞（介）步轻盈呀！【段头锣鼓】　1=G　（5̲i̲6̲5̲3̲2̲1̲2̲3̲

5̲　6̲-i̲-5-）【小桃红】5̲6̲i̲3̲5̲3̲5-6-　$\frac{4}{4}$（0̲7̲6̲i̲）5̲6̲5
　　　　　　　　【旦唱】扇影　伴　舞　影　　　　　与君

3̲2̲3̲5 | 2̲ (0̲3̲5̲) 3̲2̲7̲6̂ | 7̲7̲2̲3 3̲5̲3̲2̲7̲2̲7̲6̂ | 5̲　3̲5̲6̲5̲6̲i̲
乐忘　形，　　莺　鸣绿柳底，一　曲暗诉　情，尽诉心　声

3̲5̲6̲i̲5̲ (6̲i̲6̲5̲ | 3̲·5̲6̲i̲5̲2̲7̣) 6̲7̲6̲7̲ | 2̲·(5) 3̲5̲3̲2
望　君倾听。　　　　　　【生唱】情欲　醉，　翩翩歌舞

6̲7̲2̲·(3̲ | 2̲7̲6̲7̲2̲7̲2̣) 3̲·5̲2̲·7̲ | 6̲7̲5̲6̲7̲ 3̲2̲7̲2̲7̲2̲7̲6̂ |
迷视听，　　　　鸳　侣　同　命，虎将内心暗　动

5̲　3̲5̲6̲i̲3̲5̲6̲i̲5̲·(6̲ | 5̲5̲6̲i̲5̣) 6̲5̲3̲5̲2̲3̲1̲2 | 3̲　5̲6̲i̲ 5·(3)
情，寓意歌声令我倾心领。　　　　　【旦唱】偕老白发情　难　断,柳腰低舞

2̲3̲1̲2 3·(5 | 3̲3̲5̲6̲3̣) 6̲5̲3̲·5̲6̲5̲6̲i̲ | 5̲0̲6̲5̲3̲·5̲6̲5̲6̲i̲ |
衬歌　声，　　　曲有误 盼君 指　正，歌舞愿 博君　欢

5̲3̲5̲6̲i̲·(7̲) 6̲i̲6̲5̲3̲2̲3̲5 | 2̲ (0̲3̲5̲2̲2̣) 3̲2 | 1·2̲7̲
笑　忘恨怨，　腰肢婀娜步未　停，　　　　恩深　爱　重

6̲1̲5̲1̲5̲6̲1 | 2̲3̲2̲ (0̲3̲5̲) 2̲3̲1̲2̲1̲2̲3 | 5 (0̲i̲7̲) 6̲i̲6̲5̲
愿与郎化为月与　星，　　银　河长　共　对，　星光

3̲2̲3̲5 | 2̲ (0̲3̲2̲7̣) 6̲7̲6̲7̲ | 2̲ 3̲5̲3̲2̲6̲7̣ 2 ‖
伴　月　明，　情义　　永,歌　声琴和　应。【生白】哈哈哈……

【中板】 1=C 2/4 （ 6 5 6 1 5 5 ｜ 5 5 6 5 6 4 ｜

歌得好，舞得妙呀！

3 2 3 1） ｜ 0 1 1 2 2 3 1（1 1 ｜ 2 2 3 1） 5 1 0 2 ｜ 3（3 5 6 1

【生唱】舞折楚　　　腰　纤，

5 1 2 3 4 5 ｜ 3） 6 3 1 6 1 ｜ 3 2 1 5（6 1 5 3 5） 3 2 ｜ 1 3 3

艳曲醉　周　郎，　娇喘频

5（3 5 6 1 ｜ 5） 3 7 6 3 7 ｜ 2（3 7 6 3 7 ｜ 2） 3 1 6 7 6（3 7

频，　香汗凝襟　领。　　虎将御

6 7 6） 3·3 ｜ 5（6 1 6 5 3 5 6 3 ｜ 5） 3 5 3 5 3 ｜ 7 6·（7 6 7 6） 6 5 ｜

强　邻，　娥眉遭　冷落，　愿郎

3 3 2 1（3 5 3 2 ｜ 1） 5 6 3 3 1 ｜ 5·6 1（3 5 3 2 ｜ 1） 2 6 1（3 6

生死　战，　行坐不安　宁。　小恙赋

1 6 1） 5 1 2 ｜ 3（3 7 6 1 5 1 2 3 1 2 ｜ 3） 3 5 3 6 0 ｜ 3 2 3 5·（6

闲　居，　夫人不但　辛劳，

5 3 5） 3 6 ｜ 5 1 2 3（2 3 1 2 ｜ 3） 7 2 6 3 2 ｜ 7 2（7 2 6 3 5 3 2

亲奉茶　汤，　为我疗伤　病。

7 2） 5 7 6 7 6（5 7 ｜ 6 7 6） 3·3 ｜ 5（6 1 6 5 3 5 6 5 3 ｜ 5） 1 6

何日乱　　能　平？　　我愿

3 6 5 ｜ 2 3 1（2 3 1 2 1） 6 5 ｜ 1·3 2 7 6（3 2 7 2 ｜ 6） 3 6 6 3 1 ｜

归田解甲，　避尘世　外，　朝夕伴娉

5·6 1【七字清】5 ‖ 1/4 0 6 ｜ 3 5 ｜ 0 3 ｜ 0 1 ｜ 1 3 2 ｜ 0 6 6 ｜

婷。　难　任 奸雄 执 国 政，　但愿

1 5 ｜ 3 3 ｜ 0 1 ｜ 0 5 ｜ 3 2 1 ｜ 0 3 ｜ 0 1 ｜ 3 2 1 ｜ 5（3 6 ｜ 5 3） 3 6 ｜

扫除 君侧 汉 重兴。　一　战功 成　　不用

3 | 5 | 2761 | 2 (55 | 51123 | 2) 121 | 65 | 11 | 06 |

长 驰 骋。 【旦唱】我岂有 误郎 壮志 为

031 | 535 | 037 | 61 | 313 | 05 | 02 | 121 | 03 | 05 |

私 情， 君是 命世 英雄 谁 可 并? 何 愁

76 | 03 | 03 | 5351 | 76 | 23 | 03 | 07 | 61 | 03 | 05 |

伟业 不 能 成。 你 切莫 逞强 因 气 盛， 殷 勤

31 | 06 | 03 | 535 | 15 | 361 | 53 | 6156 | 53 | 1 |

嘱咐 复 叮 咛。 拒曹 操为国 除奸 佞， 还望 无招 惹

312 | 535 | 0136 | 13 | 53 | 25 | 07 | 61 | 063 | 33 |

诸葛孔 明。 你应为 汉室 重光 来 效 命， 莫因 荆州

25 | 0672 | 6 (35 | 676) | 1 | 3 | 3·5 | 35 | 61 | 5·6 |

小 事 费 心 营。

43 ∨ | 5 ‖ (5 - 6 - 5 - 3 - 2 - 7 - 2 - 3 - 5 -) 【小桃红】1=G 4/4

【生白】贤妻语重心长，为夫自当紧记!

(056) | i3535 | 66765356 | (6i56) | i3535 | 677

【生唱】匡扶汉 室千 斤 重责膺， 感谢爱 妻将夫

656 (56) | 6655 | 22 6·i5 | 4·53 2321·2 | 3561

点 醒。【旦唱】祝君壮志 能成, 保 家国 杀 奸佞， 盼夫 婿 莫 急

53【吊慢】23123 (65 | 3356361) 5·i 6561 | 5 (0165)

躁 戒骄 矜。 【生唱】记 取嘱 咐，

4·53235 | 2 (035) 2·76 | 7·23·5 353 27276

再 三谢 盛 情。【旦唱】他 年 复 汉室， 将军解甲共享太

5 356i356i ∨ 5 (65 | 356i56i2123 ∨ 5) ‖

平。【合唱】避世仙乡白发心相 应。

56

雨夜忆芳容

阮　眉　撰曲
文千岁　　唱

【南音】1=C᷄ (0 6 5 3 5 2 3 2 5 6 1 5 6 1 3 5 2 3 5 3 5 6 5 -) 5 5 3
　　　　　　　　　　　　　　　　　　　　　　　　　　　　　　　　　一　宵

3 5 0 3 2 1 2 ⁴⁄₄ 2 3 2 3 2 1 6 5 6 5 0 6 4 3 2 (3 5 2 5 2) | 5 1 3 2 1 7
苦　　　雨，满院 秋　　风，　　　　　　　　　　徘

6 5 (2 5 3 5) 3 2 2 7 6 (3 5 2 3 5 6 3 5 5) | 2 1 0 3 2 1 5 1 3 2 3 1
徊　　窗　畔，　　　　　　　　　听　　鸣

6 5 (5 1 6 5 3 5 6 2 3 4 3) | 5 0 4 3 5 2 (7 2) 3 4 5 3 2 7 6 1 5
虫。　　　　　　　　　　枕 冷 衾 寒，

(2 3 5 6 3 5 5) | 5 3 5 1 7 6 5 6 . 5 1 (3 2 3 5 6 3 5 5) | 6 5 4
　　　　　　谁 与　共？　　　　　　　　　　孤

3 2 5 3 2 1 6 5 1 . (3 2 3 5 6 3 5 5) | 7 2 0 3 2 1 5 1 7 6 5 6 5 0 6 4 3
灯　愁 照　　　　　　　凤 帏 空。

2 (3 5 2 5 2) | 6 1 1 2 3 5 1 6 1 3 2 1 5 6 1 6 5 (2 3 5 6 3 5 5) |
绝　代 娥　眉，

5 3 5 1 2 7 6 5 2 3 5 1 (3 5 2 3 5 4 3 5) 4 4 | 【乙反】4 4 6 5 4 4 2
埋 恨　塚。　　　　　怕 见　　马

57

$\widehat{1\,2}\,\underline{6\,5}\,\underline{1}\ |\ \underline{\overline{5\,6}}\,\underline{5\,4}\,2\ (\underline{5\,6\,5\,4}\,2)\ |\ \underline{4\,4}\,\underline{0\,6\,5\,4}\ \underline{\overline{2\,4}}\,\underline{6\,5\,4\,4}\,\underline{2\,1}\,\underline{2\,1\,1}$

鬼　坡　上　　血　　　泪　　　　红。

$\underline{0\,2\,2\,1\,7\,6}\ |\ \underline{5\,4}\,5\ (\underline{0\,4\,2\,4\,2\,1}\ 7\cdot\underline{1}\,\underline{5\cdot4}\,\underline{2\,4\,2\,1}\,\underline{7\,5\,7\,1}\ |\ \underline{5\,6}\,5$

$5\cdot\underline{6}\,\underline{5\,6\,5\,4}\,\underline{2\,4\,2}\,1\cdot\underline{5}\,\underline{4\,5\,1}\,\underline{2\,1\,2\,4}\ |\ \underline{5\,0\,1}\,\underline{6\,5\,6\,5\,6}\,\underline{1}\,\underline{5\,6\,1\,4}\,\underline{5\,2\,4}$

5)　|【流水】$\frac{1}{4}$　$\underline{4\,4}$　|　$\underline{2\,7\,0}$　|　$\underline{2\,5}$　|　$\underline{2\,4\,1}$　|　$\underline{1\,7\,1}$　|　$\underline{1\,4\,5}$　|　$\underline{1\,7}$　|

摧花　竟是　　多情　种，　愧令　伊人　抱恨

$\underline{4\,2}$　|　$\underline{4\,5}$　|　$\underline{1\,2\,0}$　|　$\underline{4\,4}$　|　$\underline{1\,1}$　|　$\underline{4\,4}$　|　$\underline{5\,7\,7\,7}$　|　$\underline{2\,2\,4}$　|　5　|　$\underline{5\,1}$　|　$\underline{2\,5\,0}$　|

终，　谁怜　帝主　　心悲　痛，　想思　情泪夜夜　忆芳　容。魂魄　不曾

$\underline{5\,7}$　|　$\underline{7\,1}$　|【原板】$\frac{4}{4}$　$\underline{5\,4\,5}\,\underline{7\,1\,7\,5}\,7\cdot\underline{2\,1}\ (\underline{5\,4\,2\,4}\,\underline{5\,6\,5\,4})\,\underline{2\,4}$　|

来入　梦，　来　　入　　梦，　　　　问你

$\underline{1\,4\,5\,5\,4\,4\,2}\ \widehat{1\,2}\,\underline{6\,5}\,\underline{1}\ \underline{\overline{5\,6}}\,\underline{5\,4}\,2\ (\underline{5\,6\,5\,4}\,2)\,\underline{7\,2}\ ‖【乙反二黄】$

黄　泉　　　之　下　　　是否

$\underline{7\,1\,4\,2}\,\underline{1\,7\,6}\,\underline{5\,6\,4\,5}\ \underline{1\,7\,1}\,\underline{2\,4\,5}\,2\,(\underline{7\,5\,7\,1}\ |\ \underline{2\,4\,5\,4\,2})\ \underline{7\,2}\,\underline{1\,7\,5}\,(\underline{2\,1\,7}$

尚　　　怨　　　　朕

5)　$\underline{4\,2\,4\,2}\,\underline{1\,7\,1}\,\underline{5\,0}\,\underline{1\,7\,1}\ |\ \underline{4\,2}\,(\underline{4\,2\,4\,5}\,\underline{2\,1\,7\,5}\,\underline{2\,1}\,\underline{7\,6\,5\,0}\,\underline{1\,7\,1}$

躬？

$\underline{2\,4\,5\,4\,2})\,\underline{7\,7}\ |\ \underline{2\,1\,7\,5}\,(\underline{1\,7\,5})\,\underline{7\,4\,4\,2}\ (\underline{1\,2\,4\,3}\,\underline{2\,4\,3\,2})\,\underline{2\,1}$　|

重义　佳　人　　为君　终，　　　　　三尺

$\underline{4\,5\,2\,4\,5}\,(\underline{4\,2\,4\,5})\,\underline{2\,1\,7}\,\underline{1\,1}\,(\underline{7\,1\,5\,7\,1}\,\underline{2\,7\,1})\,\underline{2\,1}\ |\ \underline{7\,5\,0}\,\underline{1\,7\,1}$

红　罗　　　将　命送。　　　　可恨　六

$\overbrace{4\ 2}$ $(\underline{4\ 2}\ \underline{4\ 2})$ $\overbrace{\underline{4\ 2}\ \underline{4\ 1}}$ $(\underline{2\ 4}\ \underline{1\ 7}\ \underline{1\ 0})$ | $\overbrace{\underline{1\ 7}\ \underline{1\ 6}\ 5}$ $\underline{4\ 5}\ \underline{4\ 4}\ \underline{1\ 2\ 4}$

军　　　　　　不　发，　　唉！　叹　途

5 $(\underline{4\ 5}\ \underline{2\ 4}\ \underline{5\ 6}\ \underline{4\ 5})$ $\underline{2\ 7}$ | $\overbrace{\underline{1\cdot\ 4}\ \underline{2\ 1}\ \underline{7\ 1}}$ $\underline{2\ 4}\ \underline{1\ 0}\ \underline{1\ 6\ 5}$ $\overbrace{\underline{4\ 2}\ \underline{4\ 5}}$ $\underline{1\ 2}\ \underline{1\ 1}$

穷。　　　　　　　　　岂是帝　　主　　无　情，至今拆散

$\overbrace{\underline{2\ 2}\ \underline{0\ 4}\ \underline{2\ 1}\ \underline{7\ 1}\ \underline{2\ 4}\ \underline{2\ 1}\ \underline{1\ 6}}$ 5 $(\underline{2\ 4\ 2\ 1}\ \underline{7\ 1}\ \underline{2\ 4}\ \underline{2\ 1}\ \underline{1\ 6}$ | $\underline{5\ 6}\ \underline{4\ 5})$

痴　　　　　　　　鸾

$\overbrace{\underline{1\ 7}\ \underline{1\ 2}\ \underline{4\ 5}\ \underline{2\cdot\ 4}\ \underline{2\ 1}\ \underline{1\ 6}\ \underline{5\cdot\ 1}\ \underline{7\ 1}\ \underline{2\ 1}}$ | $7\ 1$ $(\underline{7\ 5}\ \underline{7\ 1}\ \underline{2\cdot\ 4}\ \underline{2\ 1}\ \underline{7\ 6}$

爱　　　　　　　　　　凤。

$\underline{5\cdot\ 1}\ \underline{7\ 1}\ \underline{2\ 4}\ \underline{1\ 7}\ \underline{5\ 7}\ 1)$ $\underline{1\ 4}$ | $\overbrace{\underline{4\ 2}\ \underline{1\ 2}\ \underline{4\ 3}\ \underline{2\cdot\ 4}\ \underline{2\ 1}\ \underline{1\ 7}}$ $\underline{5\cdot\ 7}\ 1$ $(\underline{5\ 7}$

朕虽　偷　生　人　世，

$\underline{1\ 7}\ 1)$ $\underline{2\ 2}$ | $\overbrace{\underline{7\ 1}\ \underline{4\ 2}\ \underline{1\ 7}\ \underline{6}\ \underline{5\ 4}\ \underline{5}\ \underline{7\ 1}\ \underline{1\ 2}\ \underline{5\ 4}\ 2}$ $(\underline{7\ 5\ 7\ 1}$ | $\underline{2\ 4}\ \underline{5\ 4}\ 2)\ \underline{7\ 1}$

朝朝　暮　　　暮　　　恨与

$\overbrace{\underline{4\ 2}\ \underline{4\ 1}}$ $(\underline{4\ 2}\ \underline{7\ 1})$ $\overbrace{\underline{1\ 6}\ \underline{1\ 6}\ 5\ \underline{4\ 5}\ \underline{4\ 5}\ \underline{2\ 4}}$ $^\vee$ | 5 ‖ 【三叠愁】$(\underline{0\ 1}\ 7$

娇　　　　　　　　　同。

$\overbrace{\underline{5\ 1}\ \underline{6\ 1}\ \underline{6\ 5}\ \underline{4\ 5}\ \underline{2\ 4}}$ | $\overbrace{\underline{5\cdot\ 4}\ \underline{2\ 6}\ \underline{2\ 4}\ \underline{5\ 6}\ \underline{2\ 4}\ 5)}$ | $\overbrace{\underline{4\ 2}\ \underline{5\cdot\ 7}\ \underline{5\ 7}\ \underline{1\ 2}}$

宵宵求　来　入

7 $(\underline{5\ 7}\ \underline{1\ 2}\ \underline{7\ 1}\ 7)$ | $\overbrace{\underline{7\ 1}\ \underline{6\ 5}\ \underline{4\ 5}\ \underline{6\ 2}\ \underline{4\ 5}}$ $(\underline{4\ 5}\ \underline{2\ 4}\ \underline{5\ 6\ 5})$ | $\underline{7\ 2}\ \underline{1\ 6}\ 5$

梦，　　　　梦里　重　　逢，　　　共卿诉别离，

$\overbrace{\underline{2\cdot\ 4}\ \underline{2\ 1}\ \underline{7\ 5}\ \underline{0\ 1}\ \underline{7\ 1}}$ | $\underline{2\ 4}\ 2$ $(\underline{0\ 5}\ \underline{4\ 2}\ \underline{4\ 5}\ \underline{2\ 0}\ \underline{5\ 4}\ \underline{2\ 4}\ \underline{5\ 2})\ \underline{1\ 2}$

相　思牵挂断肠　岁月　中。　　　　　　　　　无奈

$\overbrace{\underline{5\ 1}\ \underline{0\ 4}\ \underline{2\ 4}\ 5\cdot}$ $(\underline{4\ 5\ 6\ 5})$ | $\overbrace{\underline{4\ 2}\ \underline{5\cdot\ 7}\ \underline{5\ 7}\ \underline{1\ 2}\ 7}$ $(\underline{5\ 7}\ \underline{1\ 2}\ \underline{7\ 1}\ 7)\ 7$ |

仙凡　叹未　通，　　　想伊人　亦情　　重，　　　　若

$\widehat{7 \cdot 2}$ $\widehat{1 7 5}$ $\dot{5}$ | $\widehat{2 \cdot 4}$ $\widehat{1 7 1}$ $\widehat{1 \cdot 6}$ | $\widehat{5 1}$ $\widehat{2 6}$ $\widehat{2 6}$ 5 $\widehat{4 5}$ $\widehat{4 2}$ $\widehat{1 2 4}$ | $\overset{6}{\underset{\sim}{7}}$ 5 - ‖

念君　皇,应　　见旧爱,问　何故不念痴心　两载　梦　也　空。

【乙反木鱼】 $\widehat{1 2}$ $\widehat{5 4}$ $\widehat{2 \cdot 4}$ $\widehat{2 4}$ $\widehat{2 1}$ $\widehat{7 7}$ $\widehat{0 4 4}$ $\widehat{4 2 0}$ $\widehat{4 2 1}$ $\widehat{7 1}$ $\widehat{7 1 6 5}$

记否长生　　　殿上　把心香　　奉,夜半

$\widehat{4 5 7}$ $\widehat{1 4 2}$ $\widehat{1 7}$ $\widehat{4 4}$ $\widehat{2 \cdot 4}$ 1 1 | $\widehat{4 5 5}$ $\widehat{7 1}$ $\widehat{2 4}$ $\widehat{5 7}$ 1 | $\widehat{6 1}$ $\widehat{6 5}$ $\widehat{4 5}$ $\widehat{2 4}$

无人道爱衷,说道生生　　世世,谐　鸾凤,今生缘尽再世

5 - 2 5 - $\widehat{2 1}$ $\widehat{7 4}$ 2 - $\widehat{4 2}$ $\widehat{1 1}$ $\widehat{7 5}$ $\widehat{7 1}$ —— 【二黄】 $\frac{4}{4}$ 0 $\widehat{5 2}$ | $\widehat{1 7 6}$

逢,君皇　应　念山　　　河重。　　　来生　再

$\widehat{5 3 5}$ $\widehat{2 5 1}$ $\widehat{(1 1)}$ $\widehat{2 6}$ | $\widehat{1 2 7 6}$ $\widehat{5 3 5}$ $\widehat{6 5 1}$ $\widehat{(6 1 5}$ | $\widehat{6 5 1)}$ 1 $\widehat{5 3 5}$

成　夫妇,　不愿掌　位　　　　帝皇

$\widehat{0 3 5 3}$ $\widehat{2 1 2 6 1}$ | 2 ‖【西皮】 0 $\widehat{2 2}$ | $\widehat{2 3}$ $\widehat{5 5 1}$ | 2 $\widehat{2 5}$ $\widehat{6 1 2}$ |

宫。　　　三千　盼　邀　宠,宫娥恨怨中。

0 $\widehat{0 6 5}$ | $\widehat{2 3}$ $\widehat{1 2 3}$ $\widehat{(5 3)}$ 2 | $\widehat{1 2}$ $\widehat{7 6}$ 5 | 6 $\widehat{(2 1 3 5 6)}$ | $\widehat{2 \cdot 3}$ $\widehat{7 6}$

羡民　间,　　可　与卿笑乐常　共,　　选居岭

5 | $\widehat{0 6 2}$ $\widehat{0 2 5 6}$ | 1 $\widehat{(0 5)}$ $\widehat{6 1 2}$ | $\widehat{0 7 0}$ $\widehat{2 6 1}$ | $\widehat{5 \cdot 6}$ $\widehat{7 6 7}$ | 0 3

南,　荔枝　不劳驿送,　共享那　田园乐,　卿

$\widehat{2 3}$ $\widehat{1 1 2}$ | $\widehat{5 6}$ $\widehat{1 3 5}$ - ‖【二黄】 $\widehat{(0 2 3}$ $2)$ $\widehat{6 2}$ | $\frac{4}{4}$ $\widehat{3 2 5}$

织　布我耕　农。　　　　　　地久　天

$\widehat{6 1 3 2}$ $\widehat{1 7 6}$ $\widehat{5 6 5}$ $\widehat{(2 5 2 7 6}$ $\widehat{7 1 7 1 7 6}$ | $\widehat{5 6 3 5)}$ $\widehat{5 1 2}$ $\widehat{5 4 3}$

长　　　　　　　　　　　情永

$\widehat{2 \cdot 3}$ $\widehat{2 1 7 6}$ $\widehat{5 7 2 6 1 5}$ | $\widehat{6 1}$ ‖【沉醉东风】 1=G $\frac{4}{4}$ $\widehat{(0 6 5)}$ $\widehat{3 6 1}$

共。　　　　　　　　　　做一

60

5·7 | 6156 13212 6535 | 232 (0i) 6535 235 |
对比翼 鸟双双戏春 风， 亲若连理

3555 6561 25321276 | 5650 32116565 | 01232
共土同根密 密相依爱叶 常浓，痴想到了 情迷 眼惺 忪。

(06i5·3 | 2120 615643623 | 5650 32736367 |
【白】奇怪叻，何以有环珮之声自远而近呢？待朕凝神细听至得。啊！

232 032) 7326567 | 2723 5 356i5635 | 232
【唱】莫非玉环 承誓 语 来会见，幻化仙姬再 度 重 逢，

0335 6i5635 ∨ | 2 【渐慢】【一捶】 【接唱】5567 235 |
待朕 挑灯揭 帘 栊。 哎！ 原来是暴雨声声

3276 5650 ‖
风 曳 梧 桐。 【诗白】叶落阶前潇潇雨，一似伊人环珮响叮咚呀！

【五捶花下句】1=C サ (36132 -) 56 1135 62276 50672 |
谱下《雨淋 铃》道此凄 凉

6 23222 3261 -16556 -6-653 ∨ 5 -(56162 -2312
夜,写出想思 不尽爱 无穷。

3-56i 6i553235 i62351 -)

61

花 落 春 归 去

胡文森　撰曲
李少芳　　唱

【梆子慢板】1=C 4/4（ 0 2̇ 7 6 5 1 2 3 5 6 i 5 6 4 5 3 2 3 | 1 3 5 6 i

5 3 5 3 5 6　4 4 4 5 3 3 3 6　5 6 4 5 3 2 3 | 1 3 1 3 5 î 7 6 5

1 2 3 4 5 6 5 3　2 3 5 3 5 3 2 | 1·5 6 5 3 5　1 2 3 5 3 5 2 7

6 0 7 6 1 2 3 1 2 3 1 ）| 3·5 5 2 2 3 7 7 2 3（2 3 7 2 3 5 3·5）|
　　　　　　　　　　　　　　　花　　　不　　羞，

1 3 5 1 7 6 5 3 3 5 3 2 1 | 3·5 3 5 3 2 1 6 1 0 2 3 0 2 7 6 7 6 5 |
我　也　羞，　　　羞　我　　　　　　未

3·5 6 5·1 6 6 3·(5) 3 7 6 5 | 2 0 5 3·5 3 2 1 2 1（0 i 6 5 |
成　　名，我日夕将　　　　酒。

3 5 6·5 3 6 3 2　1 6 5 3 5 6·5 | 3 6 3 2 1 2 1 2 3 1 1 2 3 1）|

3 2 3 2 3 2 1 6 1　5（3 5 6 1 5 3 5 ）2 7 | 6 7 2 0 7 6 7 1 7 1 7 6 |
千　般　　愁，　　　　　万　般

5（3 5 6 1 5 3 5 ）| 3 2 3 2 7 7 6 2·5 | 7 2 7 6 5 6 1 3 5 6 6 3 |
愁，　　　非　关　病　酒，　　　　　　不是

6 5 6 | 5·6 4 3 2·3 2 3 2 3 4 5 3·5 3（0 6 5 | 3·5 6 i 5·3 2 3 4 5 |
悲　　　　　　　　秋。

3 6 5 3·5 6 5 6 i | 5·3 2 3 4 5 3 6 5 3 5 2 6 7 2 3 4 3）| 7 2 7 6 |
　　　　　　　　　　　　　　　　　　　　　思

<u>5 1 3 5 6 7 6</u> (<u>6 7 6</u>) | <u>6 5 2</u> 0 <u>5 3 5 6</u> (<u>5 2 3 5 6 7 6</u>) | 3·3 5·(5) |
悠　　　悠，　　　恨悠　　悠，　　　恨到

<u>5·5 5 6 1</u> | <u>2·5 7 6 7 4 3</u> (<u>7 6 7 2 3 4 3</u>) | <u>2 2 1 3 2 2 2</u> (<u>2 2 2</u>) 7 |
深　时也未　休，　　　归　来低声呀　我

<u>7·2 7·6 5 1 3 5</u> 6 (<u>5 6 3 5 6 7 6</u>) | <u>2 7 6</u> 0 <u>1 2 3 2</u> (<u>3 5</u>) | <u>2 7 6</u> |
问　红　袖，　　　　妹　呀　你可知否？　妹　呀

<u>0 1 2 3 2 7 6 3</u> | <u>2 3 1</u> <u>1 2 3 5 3 2</u> (<u>3 2 3 5 2</u>) <u>5 1 1</u> | <u>3 5 3 5 3 2</u> |
你可安否呀？但得　妹　呀你　安，　　　无计我　伤心

1 (<u>2 5 3 2 1 2</u>) <u>1 1</u> | <u>2·3 1 3 5 3 2 1 7 6 1</u> 2 (<u>1 7 6 1 2 3 5 2</u>) |
透。　　　　　至怕妹　你青　　春

<u>1 6 1 2 3 2 7</u> | <u>6 5 3 5 6 1</u> ‖ 5 【中板】6 1 $\frac{2}{4}$ <u>3 2 1 5</u> | <u>5·6 7</u> |
怨　　　白　　　头。　　未配　相逢犹　有

<u>6·1 5 6</u> | <u>3 5 2 1 6 5</u> (<u>3 5 6 1</u> | 5·) <u>5 1 1 1 0 2 3 5</u> | <u>7 2</u> (5 |
恨，我宁愿　相　　逢　　　妹呀你嫁　后。

<u>7 7 2 3 5</u>) | <u>5 3 1 1 2</u> | 3 (<u>2 3 1 2 3</u>) <u>1 3 1</u> | <u>2 2 1 7 6 5 2 7</u> |
罗敷既有　夫，　我呢个　使君　无可

6 (<u>5 6 7 2 6</u>) <u>5 3 1</u> | <u>6 5 6 1 2 3 2 3 5</u> | <u>2 5 6 1 2 3 2 1 6</u> | <u>5 2 3</u> |
恨，　长使我　恨　海　沉　　浮。

1 (<u>3 5 3 2</u>) | <u>3 1 1 3 2 3 1</u> | 5 (<u>3 5 6 1 5 3 5</u>) | <u>3 5 5 7 6·1 5 6</u> |
天鉴我多　情，　　　相逢犹带泪，我宁愿

<u>3 0 5 6 1</u> 5 (<u>3 5 6 1</u> | 5) <u>3 5 3 3 2 1</u> | 2 (<u>3 5 3 5 3 2 1 7 6 1</u>) |
长　长　　　长长相　守。

6 3 1 6 · 3 7 6 | 5 (3 5 6 1 5 3) 7 6 | 7 6 5 1 2 | 3 (2 3 1 2
独 守 月　　　圆，　　　　昨夜　对月谈　欢，

3) 3 1 1 | 1 · 5 3 2 2 7 6 (3 2 7 2 | 6) 5 3 5 3 2 1 2 3 5 2 1 7 6 |
今晚我 对　　　月　　　呻

5 · 2 3 1 2 1 1 | 1 6 1 3 2 1 7 6 | 5 (3 5 6 1 5 3 5) | 3 6 6 5 · 7 |
愁。　月呀你　昨夜咁光　　明，　　　　今夜又何　暗

6 (5 6 7 2 6 7) 1 3 | 6 1 1 1 3 0 5 6 1 | 5 (3 5 6 1 5) 5 6 |
淡?　　　　纵使　月你会常　　圆，　　　唯是

2 · 3 1 2 3 (2 3 1 2 | 3 ·) 3 5 | 2 · 5 3 2 1 (3 5 | 1) 5 3 2 3 5 |
好 花　　　　不长　秀。

2 · 3 4 5 3 2 1 | ³⌒2 - | (0 1 2 3 5 3 5 6 1 | 5 6 5 6 1 5 3 5 6 |
1 3 5 3 2 1 6 1 2 | 3 5 2 3 5 4 3 5 2 6 5 3 5 | 2 3 4 5 3 2 7 2 |

6 5 1 7 6 1 | 2) 0 5 2 | 1 5 3 3 2 7 · 2 7 6 | 5 (3 5 6 1 5) 3 5 3 2 |
从此　怕提鸳鸯个两

1 2 3 5 3 2 7 2 6 (3 5 3 2 | 1 2 3 5 3 2 7 2 6 5 3 5 | 6) 1 6 |
字，　　　　　　　　　　　　　　　　　　我亦

1 0 2 3 2 | 1 · (2 3 5 3 2 1 1) | 2 3 7 6 5 (3 5 3 2) | 1 2 3 5 3 2 7 |
怕　　说　　　风　流。

6 5 1 | 2 · 3⌢5 3 2 1 | 1 - ‖

惊破江南金粉梦

邓碧云 唱

【诗白】花底杜鹃啼，惊破江南金粉梦。梢头明月照，照残凤阁并头红。

【小曲】1=C

```
艹 6 1 2 3 - 5 - 7 6 7 7 6 - （0 2 7）  2/4  6 3 5 6 1 |
    问句天兮 何 播   弄？              夺 我
```

```
2 3 7 6 5 6 1 | 3 5 5·6 2 3 7 | 6（6 5 6 7 6）2 7 | 6 5 6 1 2 2 3 |
佳  人，逐拆 离鸾和  凤，      底事 绝 色竟招
```

```
6·2 7 6 5 6 5 | 2 2 3 6 | 2 3 4 5 3 4 3·（4 | 3 3 2 7 2 3·4 |
妒  难 容，永隔阴阳  难望与卿共。
```

```
3 3 2 7 2 3）| 2 3 3 5 5 6 7 | 6·（2 3 5 6 3 2）| 1 1 1 2 3 5 7 6 |
           芳魂何曾来 入 梦？      怕见那疏
```

```
5·7 6 1 2 3 1 3 3 | 7 2 6 3 7 6 | 5·（6 2 2 3 | 2 3 4 3 5）| 3 2 7 2 3 |
林      里飘飘 幻影现卿你遗 容。          好比
```

```
5 1 2 3 5 4 | 3 ‖【乙反二黄板面】4/4 0 4 2 4 5·1 7 1 2 4 | 1 0 2 1 |
惊鸿已 失 踪            乞芳 魂 与朕诉分飞 痛，卿你
```

```
1 7 1 2 4 2 4·4 2 1 7 1 | 5·1 7 1 5（0 1 7 1）5·1 7 1 5·1 7 1 |
抱恨已 归 天，孤空盼梦里 逢，我很正浓，    缘 已断了，鸾 叹凤杳，
```

```
5·1 7 1 4 2 5 7 1 2 4 1 ‖【乙反二黄】5 1 1 2 4 2 4 3 2（1 2 4 5
魂  魄为你招，皇为你添悲痛。      愁绪满 心   中，
```

```
2 4 5 4 2）1 7 | 1 1 1 0 5 1 7 1（5 4 5 7 1 7 5 7 1）7 7 | 2·4 2 1 1 7 |
一炷 清香   为敬奉，          但愿 芳
```

```
5 4 5 1 2 7 1（5 7 1 7 1 0）| 6 0 7 6 5 4 5 6 5 5 4 5（4 5 2 4
魂鉴领          朕 情 浓，
```

5 6 2 4 5) 2 1 7 | 1 0 4 2 1 7 (7 5 7) 2 1 1 7 5 (1 7 5 6 5) 1 7 1 |
忆当日驾　　幸　　江　南，　　　　邂逅了

5 0 2 1 7 1 7 5 0 1 7 1 4 2 (2 4 2 1 7 1 5 1 5 7 1 | 2 4 5 4 2)
民　　　　　　　间

4·2 1 2 4 2·4 2 1 7 6 5 0 1 7 1 2 4 | 7 1 (1 7 1 2 4 2 1 1 7
彩　　　　　　　　　　凤。

5·4 7 1 2 4 1 7 5 7 1) 1 | 1·1 7 5 0 1 7 1 2·(1 2 5 7 1
你　美　如　仙，

2 4 5 4 2) 2 2 【转梆子慢板】 5 3 5 3 2 (3 2 3) 2 1 1 (7 1 7 1) 6 1 |
浅浅　　梨涡　舒柳眼，　艳压

6 1 3 2 1 7 6 5 3 5 5 6 0 1 2 3 (2 3 1 2 | 3 4 5 4 3) 3 7 6 5·3
六　苑　　　　　　　三

5 3 5 6 7 6 7 2 6 5 3 5 3 (5 3) 0 7 6 1 2 3 1 (3 5 3 2 1 3 5 1) 3 1 |
宫。　　　　　　　一个

1 2 3 6 6 1 6 5 3 2 3 5 (3 5 6 1 5 6 3 6 5) 3 1 | 1 3 3 7 6 5
戏　凤在　楼　头，　　　一个　正初开　情

6 0 7 1 7 2 (6 5 3 5 | 2 3 4 5 3 2 2 1 5 3 6 5 7 6 5 6 1 6 5 3 5
窦，

2 3 6 1 2) 1 6 | 3 3 5 3 2 1 0 3 1 7 6 5 (3 6 5 3 5) 1 2 | 5 0 6
我效司　马当　年，　暗把　琴

1 6 0 1 2 3 (3 5 7 6 5 3 5 0 3 1 | 3 4 5 3) 3 5 3 2 1 (5 3 2 1) 3·5
心　　　　挑

3 5 3 2 7 2 3 5 | 7 2 (6 5 3 5 2 3 4 5 3 5 3 2 6 0 6 5 6 7 2 3 1 2) |
动。

66

3 2 3 5 0 1 1 2 3（3 5 1 2 3 4 5 3）| 5 · 5 3 5 3（3 5 3）2 3 2 7

一点 灵 犀，　　　　　　　　情 丝 紧

6 · 1 6 1 2 6 1（3 5 3 2 | 7 2 6 3 2 7 2 6 5 6 5 3 2 3 5 3 5 3 2

系，

1 3 2 1）1 6 | 2 7 7 2 7 6 5 3 5 1 1 3（3 5 3）5 1 1 | 7 2 7 2 7 6

你 重 殷 勤 劝 饮，　陶 醉 了 帝

5 3 5 3 6 1 6 1 2 3（3 6 1 2 | 3 5 4 3）3 3 2 2 2 0 5 3 2 7 2 2 1 7 6 |

苑　　　　　　　　金

5 3 5 · 6 5 6 5 0 1 6 2 1（6 1 2 3 1 2 3）7 6 ‖【子规啼】7 · 1 2 4

龙。　　　　　　　　　　　　　　　醉后　梦 里 娇 躯，

1（6 1 6 5）4 5 2 4 5（0 4 2 1 | 7 1 4 5 · 4 2 4 5 0 4 5 6 5）| 7 · 1 2 4

送，　绣 衾 共 拥，　　　　　　夜 里 多 欢

1 6 5 4 5 2 4 5 · 1 | 2 4 2 1 4 5 2 4 5（0 4 5 6 5）| 2 · 5 4 2

畅，孤家 探 花 月 中，卿 俏解 丁 香 扣 乐意 宠，　荡 舟 泛桃

1 ·（2 4 4）2 4 2 1 7 1 6 5 · 4 2 1 7 | 1（1 2 4 5 2 0 4 2 1 7 6

源，　依 稀 醉 迷 蒙 孤将 玉　种，

5 0 4 2 1 7 1 6 1 6 5）| 4 5 2 4 5 · 6 1 6 1 6 5 4 5 2 4 | 5 0 5 4

眼　底　娇 花 半 推 复半 拥。终 觉

【乙反南音】（清唱）2 · 4 2 1 7 5 | 4 2 0 2 1 7 5 5 · 7 1 ·（4（入乐）

荒 唐 一 枕 风 流梦，

2 4 5 6 5 4 2 4）| 4 5 1 2 5 6 1 6 5 0 6 5 4 2 4 2 1 7 | 5 · 5 6

此身 如 在 广 寒 宫。　　　　个 晚 龙 凤

1 · 1 3 2（4 2 4 5）| 5 4 5 1 2 1 7 5 5 5 7 1 ·（4 2 4 5 6 5 4）2 1 |

店 中 龙 配 凤，　　　　　　不管

67

2·42176 56454·71·(4 24565424) | 1·24517

窗　　前　风　雨　　打　梧

5(4524 5645) | 20421 7·(1717) 2175·(424525) 16 |

桐。　　此　夜　偏　长，　　正　合

5·45 2172·41·(4245654) 27 | 71421 76 545·4

同　偎　拥，　　岂　料　凤　凰　侵

7·71·(4245654) 11 | 12175 33233 217 | 70217

夜　雨，　　变　作　各　西　东。　　忽　接　母

51111 (111) 17 | 21755·571 (4245654) 57 | 51421 76

令　催　归　喇，　百　劫　山　河　为　重，　　无　奈　回

545 201·(4 245654) 21 | 60 451217 5 (4516

舆　北　上，　　娇　你　欲　随　从。

5645) ‖【小曲】2·3 21612 (032) | 1·32116 504 |

唉！分　西　乐，　送　归　鸿，你

5624 564·(5) 6276 | 50566 6 | 222 32 15123 |

牵　衣　含　泪　愿　相　从，我　即　匆　匆　离　梅　龙，他　朝　结　营　进　宫

20542 4205 | 45405 5676055 | 44056624 | 1

中，母　命　难　违　强　别　凤，你　太　痴　心，爱　我　极　重，离　别　后　相　见

56156 - ‖【二黄】4/4 (0232) 55 | 61153 212 (3235

唯　有　梦。　　　　人　生　聚　散　太　偬　偬，

232) 26 | 22105 61 (5616561) | 3·561 5 651 (23

朝　暮　相　思　情　莫　控，　　难　忘　旧　约，

110) 5 | 1·22176 56356·71 (635 | 67651) 5321

求　母　　后　　　相

0 5 3 2 2 7 6 1 2 3 2 1 7 6 ‖ 5 【反线中板】 1=G $\frac{2}{4}$ 6 3 3 2 1 3 |
容。　　　　　　　估话迎　凤

(3 2 1 3) 5 6·1 6 5 3 | 2 (0 1 6 5 3 5 6 1 6 5 3 5 | 2) 5 5 3 0 4 3 2 |
返京　华，　　　　　　　　　　再种并

1 7 6 (6 7 6) 3 5 | 1 0 7 6 1 2 (5 3 2 3 1 | 2) 2 1 3·3 | 3 5 (1
头花，　　为践　盟　言　　　圆别　梦。

3 3 0 7 6 5 | 3 5) 2 6 3 2 7 6 (2 6 | 3 2 7 6) 5 5·3 2 3 5 | 3 6 5
岂料金　弹　　　　打鸳　鸯,分散

1 1 0 1 | 1 0 5 (5 6 5) 5 3 5 | 3 3 5 (3 5 6 1 | 5 6 5) 5 3 2·5 3 5 |
丛林 双宿 鸟，　暗恨那 善妒　　梓

5 6 6 1 2 3 1 (5 6 5 3 2 | 1) 6 | (6 7 6) 1·7 | 6 (5 6 7 7 6 5 6 1 7 |
童。　　　　　　枉　称　孤，

6) 1 6 1 | 3·5 6 0 ‖ 【滚花】 1=C ♯ 6 2 6 5 - 3 6 1 - 2 1 2 -
和　道　寡，　　　未许共谐　鸳梦呀！

【沉花下句】7 - 7 - 7 - 6 2 5 3 1 5 - 6 6 0 5 3 5 2 6 2 - 3 3 1 3 5
哎　呀　呀，欲补情天　难　炼石，我欲补情天难　炼石，眼中情

6 (1 3 5 6) 6 1 6 - 2 5 - 6 - 6 6 5 3 5 ——
泪　　　尽化杜　鹃红。

王十朋祭江

莫志勤　撰曲
黄少梅　唱

【二黄慢板板面】1=C 4/4 （06 i 5 5 6 5 3 2 3 5 6 5 5 6 | 1 6 5 6 i

5 6 1 2 3 5 4　3 2 3 2 3 5　2 3 2 7 6 5 6 1 | 5 1 3 5 6 1 5 0 2 7 6

5 5 3 5 3 2 1 2 7 6 5 | 6 5 3 2 3 5 2 2 3 5 7 6·1 2 3 5 6 1 2 3 1）|

【解心二黄】3 3 2 7 3·5 3 5 3 2 7 6 3 2 7 2 6 5 1 2 7 6 | 5·6 5
舟　泊江　　　　　　　　　　　　　　　　　头，

（0 3 2 3 2 7 6·7 6 7 6 5 3·5 3 5 6 1 | 5 6 3 5 3 5 6 7 6 7 2 3 2 7

6 7 1 7 1 7 6 5 6 3 5） 2 3 7 | 6 2 7 6 5 （2 7 6 5） 3 2 7 6 1 1 2
洒不尽 愁　人　珠　泪，

3 5 3·5 | 2 2 3 1 （0 5·4 3 5 2 6 5 3 5 2 3 2 7 6 1 5 6 | 1·i 6 5 3 5

2 7 2 3 4 5 4 3 2 3 5 3 4 3 2 1 2 3 1） 6 1 | 6 1 3 2 1 7 6 5 3 （5 3 5）
念到 茫　　　茫

6 5 1·2 3·6 2 2 | 7 0 2 7 6 5 0 3 2 3 3 1 2 3 3 1 3 1 | 3 0 5
恨 海，　埋葬了 万 缕 情　　　丝,妻你一缕 芳

2 3 5 0 1 2 3 0 5 3·5 3 5 3 2 | 7 6 3 2 7 2 6 5 1 2 7 6 5 7 6
魂,但愿

3 2 7 | 6 1 （0 2 7 6 5 6 3 5 3 5 7 6 1 2 3 5 6 1 2 3 1） | 6·3
皇天庇 佑，　　　　　　　　　　　　　凡 胎

2 3 2·6 4 6 7 2 3 5 2 2 2 | 6 2 0 4 3 2 7 6 5 6 7 2 5 6 5 （3 4 3 2
解脱离 俗　世,化作 瑶　　　台

70

7 2 6 5 6 7 2 | 6 1 5 7 6) 3 3 2 2 2 2 3 2 1 7· 1 2 1 7 | 2 3 1 (0 1 7 1
仙　　　　　　子。

4· 3 2 3 2 1 7· 1 7 1 2 3 1 2 7 1) | 7· 7 1 6 5 0 1 7 1 2 (7 5 7 1
　欲　　赋悼亡　　诗，

2 5 4 2) ‖【梆子慢板】1 3 2 0 5 7 6 0 1 2 3 1 (3 5 3 2 | 7 2 6 3 2 7 2
　　　　　我心　如絮乱，

6 5 6 5 3 2 3 5 5 4 3 2 1 2 3 1) 5 1 | 5· 4 3 2 3 3 2 3 1 (2 3
　　　唯借　清　香　一　炷，

1 2 1) 1 7 6 | 3 1 3 2 1 7 6 5 3 5 (3 5) 6 5 0 1 0 2 3 (2 3 1 2
祭奠在　江　畔

3 5 4 3) 3 5 3 5 3 2 7 6 7 0 3 6 5 1 2 6 | 5 0 5 6 7 2 6 0 1 6 1 2 3
水　　　　　　湄。

1 (6 1 2 3 1 2 3 1) 3 1 | 6 5 1 3 1 3 2 1 7 6 5 (3 5 6 1 5 6 3 5) |
今晚　月　冷星　　寒，

3 7 6 5 5 7 2 7 6 1 0 2 3 5 2 3 2 (6 5 3 5 | 2 3 4 5 3 2 7 6
更　闲寂　静，

5 6 3 5 3 2 1 3 7 6 5 6 1 2 3 5 2) 3 3 2 | 6 2 0 4 3 2 1 2 3 5 2 1 7 6
　　　　　妻呀你　魂

5 (0 4 3 2 1 2 3 5 2 1 7 6 | 5 6 3 5) 1 2 3 1 (2 3 1) 0 5 3 3 2 1 2 3
兮　　　　　　到

2 - ‖【仿南调】1=C 2/4 0 2 | 2 3 5 3 2 3 5 | 2 (5 4 3 2 6 7 1
此。【白】唉，玉莲妻呀！【唱】你　记　否当　　初，

2) 5 5 5 6 5 | 3 6 4 3 2 （5 4 3 | 2 6 7 1 2) 2 2 2 | 7 6 5 2 1 5 6 |
我与你家世　悬　殊，　　　　本不该　妄　谈婚

71

7̇6̇7̇2̇ 3̇2̇1̇7̇ | 6̇(2̇1̇7̇6̇1̇7̇6̇5̇ | 6̇)2̇6̇2̇2̇7̇6̇ | 5̇6̇7̇2̇

事，　　　　　　　　　　　　个位许　　媒

6̇(2̇1̇7̇ | 6̇1̇7̇6̇5̇6̇)5̇5̇6̇ | 2̇2̇5̇6̇7̇ | 0̇2̇7̇7̇2̇7̇6̇ | 2̇3̇2̇7̇

人　　　　教我学　荆钗为　聘，　不计那菲　薄之

6̇2̇7̇6̇ | 5̇(3̇2̇1̇5̇6̇7̇6̇ | 5̇3̇5̇)2̇7̇6̇ | 0̇1̇7̇1̇2̇(5̇4̇3̇

仪。　　　　　你娘　　亲

2̇6̇7̇1̇2̇.)6̇ | 5̇5̇3̇6̇4̇3̇ | 2̇(5̇4̇3̇2̇6̇7̇1̇ | 2̇)2̇2̇7̇6̇7̇2̇

她　爱富嫌　贫，　　　　　不许共

3̇5̇6̇(3̇5̇6̇) | 3̇5̇3̇5̇6̇2̇7̇6̇5̇6̇ | 1̇(2̇7̇6̇5̇2̇7̇6̇ | 5̇6̇1̇)3̇3̇2̇

谐　连　　　　理。　　　　　　妻呀你

2̇5̇3̇2̇1̇2̇(5̇4̇3̇ | 2̇6̇7̇1̇2̇)2̇5̇ | 7̇6̇0̇6̇.2̇7̇6̇ | 5̇6̇1̇0̇2̇1̇

志高　超，　　　甘违　母命　愿　嫁一介

3̇.5̇6̇2̇7̇6̇5̇6̇ | 2̇2̇7̇6̇5̇.6̇7̇2̇ | 6̇5̇6̇5̇ | (5̇1̇6̇5̇4̇6̇5̇ | 1̇.2̇3̇5̇

寒　　　　儒。

2̇1̇7̇2̇ | 6̇5̇6̇5̇3̇5̇) | 2̇3̇5̇2̇5̇3̇2̇1̇ | 2̇(5̇4̇3̇2̇6̇7̇1̇ | 2̇)7̇7̇7̇

喜　得结婚　姻，　　　　　我四处

2̇5̇ | 0̇5̇2̇7̇2̇0̇7̇ | 6̇5̇6̇0̇5̇2̇ | 7̇6̇5̇6̇2̇1̇(2̇3̇5̇ | 2̇1̇7̇2̇1̇)‖

张罗　才把爱妻　　　迎　　娶。

【乙反木鱼】 1̇7̇1̇1̇7̇6̇5̇2̇7̇1̇-5̇5̇4̇2̇ 0̇1̇7̇1̇2̇.1̇ 7̇0̇6̇6̇5̇

你为我脱下　罗衣换布　衣，　你为我三　日下

4̇-5̇0̇1̇ 4̇2̇2̇4̇ 2̇2̇1̇7̇ 1̇-0̇4̇2̇4̇ 1̇5̇5̇2̇-4̇0̇7̇1̇1̇ 2̇1̇0̇7̇6̇5̇

厨，　把家　　务理，　你为我承欢膝下，　令我母喜笑

4̇5̇6̇5̇6̇5̇.7̇5̇-0̇7̇5̇7̇ 1̇6̇5̇4̇ 2̇2̇1̇ 7̇5̇ 4̇4̇.4̇2̇4̇1̇——

杨　眉，　你为我手制　寒衣　勤　针嚣。

72

【乙反二黄】1=C $\frac{4}{4}$ 0 5 4 | 4 5 1 2 7 6 5 · (4 5 4 5) 7 4 2 1 7 (5 1

如今 人 亡 物 在，

7 5 7) 7 1 | 2 2 4 2 1 1 7 5 4 5 (4 5) 1 7 1 2 4 5 2 (7 5 7 1 | 2 5 4 3 2)

令我 悲 痛

4 2 4 5 7 7 1 2 1 7 5 7 1 2 6 5 | 4 (0 6 5 4 2 4 5 7 5 7 1 2 7 1 6 5

何 如。

4 5 2 4) 5 7 | 7 · 1 7 1 2 4 1 7 1 2 1 7 5 (7 6 5 6 5) 7 4 | 4 2 0 4 2 1

徒怕 欲 报 深 情， 在于 今

7 1 5 0 1 7 4 2 (2 4 2 1 7 1 5 0 1 7 1 | 2 5 4 3 2) 1 7 1 2 4 5

生 已

2 0 4 2 4 2 1 6 0 1 6 2 5 6 | 1 (1 6 1 4 2 · 4 2 4 2 1 6 · 1 6 2 5 6

矣！

1 6 5 6 1) 2 1 | 4 4 2 7 1 2 (7 1 2 4 2) 5 1 | 【正线】1 1 2 1 7 6

只有 清香 果 饼， 聊作 祭

5 0 1 2 7 7 · 1 1 (2 7 6 5 6 1 5 4 3 5 | 1 6 5 6 1) 5 3 2 1 (5 3 2)

奠 之

1 2 3 5 3 2 2 7 6 5 1 0 2 7 6 ‖ 5 【南音短序】(6 5 3 5 2 3 5 2 3 5

仪。

6 1 5 6 1 0 3 2 3 5 3 6 5 -)【粤讴】 サ (清唱) 5 5 3 3 3 5 3 2 1 0 2 · 3

初杯 酒，

5 - 3（入乐）$\frac{2}{4}$ 7 4 3 · 4 3 2 | 1 0 1 2 2 | 5 6 1 · 1 2 · 3 2 7 |

谢娇妻， 我荆钗 为 聘，你不 弃

6 5 7 6 5 · (3 | 2 3 1 3 5 · 6 | 5 · 6 7 2 6) | 2 2 3 7 6 2 | 3 7 6

寒 微， 记得我赴 试 秋 闱，

73

3 2̂ 7 | 6 2 2 3̂ 4 | 3 2 3̂ 3 6 | 3̂ 7 2̂ 7 6 | 3·4̂ 3 2 1·(3 | 2 7 6 3
妻你　频措置，　　钗环　典尽作　盘　资。

5 0 3 | 2 7 6 1 2 3 1) | 6 4̂ 3·4̂ 3 2 | 2 1·3·7 2 2 | 6 4̂ 3 2 3
　　　　　　　　贤妻呀！　只　望折桂　南宫，

1 2 1 3̂ 2 7 | 6 5̂ 6 3 0 7 | 3̂ 6 6 7 | 1·3̂ 2 7 6 5 7 6 | 5·(3 2 3 1 3
与妻你重相　聚，　可　恨　奸人狼毒劫　夺娥　　眉。

5 0̂ 6 5̂ 6 7 2 | 6) | 6̂ 5 5 | 6 1̂ 5 1 1 | 1 3 6 5̂ 6 7 6 | 7 6 3 2 3
　　　　　　　　可敬你　矢　志贞坚，心如止　水　　重重威　逼

1 1 2̂ 6 3 5 | 1·2̂ 7 6 5·(3 | 2 3 1 3 5 0 6 | 5 6 7 2 6) | 6 3 5
你也不受凌　欺。　　　　　　　　　　　　　　　　　岂料我

6 1̂ 5 | 3 4̂ 3 3 2 7 2 | 6 3̂ 2 3 4 | 3 4̂ 3 2 2 3 1 | (0 3̂ 5 2 3 2 1
披上蓝　袍妻你便已　投水　　　死，

6 5̂ 3 5 | 0 3̂ 5 2 3 2 7 | 6 1 2 3 1) 【二黄】7 6 ‖ 4/4 5 3 5 1
　　　　　　　　　罪在　鱼

2·(3 2 3 2) 1 2 7 6 (7 2 6 7 6) 7 3 1 | 2 0 1 7 6 5·3 5 1 2 7
书　　　错　递，　　　害得我　此

6·7 1 (2 7 6 5 6 1 5 4 3 5 | 6 7 6 5 1) 5 1 2 3 1 1 2 3 5 3 2 2 7
恨　　　　　　　　　　　无

6 5 1 0 2 7 6 | 5 (5 1 2 3 1·3 1 3 2 7 6 7 1 2 1 7 6 5 6 3 5) |
期。

6 2 7 6 5 (2 7 6 5) 5 3 2 1 1 2 3 5 2 1 2 (3 5) | 2 1 2 3 4 3 4 5
二　　　　杯　酒，

3 5 3 2 1 2 7 6 0 5 6 7 1 7 2 | 【反线】1=G 6 7 6 5 1 3 2 1 7 6
　　　　　　　　　　　　　　　　　奠　亡

74

6 5 0 1 2 3 5 5 4 3 2 | 1 2 3 1 (6 5 3 5 2 6 5 3 5 2 1 2 3 5 6 5 3
魂，

2 3 5 6 5 3 2 | 1 1̇ 6 5 3 5 2 1 2 3 4 5 4 3 2 3 5 6 5 3 2 1 2 3 1) 6 1̇ |
谅 我

2̇· 5 6 1̇ 1̇· 1̇ 3 5 (1̇ 6 5 6 5) 1̇ 7 | 6 (0 7 6 5) 3 0 5 3 5 6 1̇ |
不 杀 那 伯 仁， 你 亦 为

5 (6 7 6 5 3 0 5 3 5 6 1̇ | 5 6 3 5) 2 5 6 5 4 3 2 1 2 0 3 2 3 5 5 4 3 2 |
郎 而

2 3 1 (6 5 3 5 2 3 1 2 0 3 2 3 4 5 3 4 3 2 1 2 3 1) | 5· 6 1̇ 5· 6 1̇ |
死。 好 鸳

6 0 1̇ 6 5 3 (2 3 1 2 | 3 4 5 3) 3· 5 3 5 2 7 6· 1 2 (1 3 2 3 2) 3 2 7 |
鸯， 遭 离 散， 真 果 是

1 1 3 2 3 2 1 6· 1 5 1 1 2 3 4 5 3 (2 3 1 2 | 3 6 5 3) 6 5 6 5 6 1̇ |
痛 彻 伤

5 0 1̇ 6 5 3 | 6· 6 5 0 6 1̇ 5 5· 7 6 5 6 1̇ | 5 6 5 0 7 6 5· 5 4 5 6 0 5 |
悲。

6 5 6 1̇ 2· 3 5 4· 5 3 2 1· 1 6 1 2 3 ‖ 1 【正线二黄合字过门】1=C (3 5 6

7 6 7 2 3 1 7 6 7 1 7 2 7 6 5 6 3 5) | 【爽二黄】2 5 0 3 1· 3 2 |
三 杯 酒，

(5 5 5 3 2 3 5 1 5 6 1 2 3 2) | 2 7 2 0 4 5 3 0 3 2 5 3 2 | 1 7 1 |
敬 苍 天，

(3 2 3 5 2 3 5 2 5 3 2 | 1 3 5 3 2 7 2 7 6 5 4 3 5 1 7) 1 6 | 5 0 1 2
你 为 亡

75

3 (2 3 1 2 | 3 5 3) 1·3 2 7 6 5 3 5 | 2 3 1 (7 2 7 6 5 4 3 5 1 2 1) |
妻 作 主。

6 6 0 1 2 (3 5 2 3 2) | 5 2 7 6 5 6 (3 5 6 7 6) | 1 2 2 1 6 5 (6 1
但愿 她， 离灾 难， 过仙 桥，

5 3 5) | 3 2 3 5 2·6 5 6 1 | 1 3 5 6 1 (6 1 5 | 1 2 1) 5 1 0 2 7
仙班 同列， 长 在 瑶

6 2 7 6 | 5 5 0 1 2 3 2 1 2 ‖【二流】 1/4 (0 5 3 5 | 2 3 2 | 0 5 3 5 |
池。

2 3 2) 1 | 6 1 | 0 2 1 | 5 0 7 | 6 5 6 1 | 5 6 3 | 5 (0 7 6 1 | 5 6 5 |
我 万语 千 言，

0 7 6 1 | 5) 2 2 1 | 3 5 | 0 2 7 | 6 1 2 | 0 5 3 1 | 1 2 7 | 1 |
点解你 全无 表 示？

(0 3 2 3 | 1 2 1 | 0 3 2 3 | 1 2) 3 6 | 6 2 | 5 5 | 0 5 | 4 5 | 3 |
莫非 阴阳 隔 断，

(0 5 6 5 | 3 5 3 | 0 5 6 5 | 3 5 3) 1 | 2 6 | 1 1 | 0 2 7 6 | 5 6 5 |
竟 不念 我 情

0 1 | 2 3 2 1 | 2 (0 5 3 5 | 2 3 2 | 0 5 3 5 | 2 3 2) 5 | 2 5 | 5 |
痴！ 我 望娇 妻

1 3 | 5·1 | 6 2 7 6 | 5 6 3 | 5 | (0 7 6 1 | 5 6 5 | 0 7 6 1 | 5 6) 1 1 |
鉴余 情， 永世

2 5 | 0 2 | 1 2 | 0 2 | 1 2 7 | 1 ‖【恋檀中板】 2/4 0 0 | 6 5 1·1 |
不移 此 志。 恨 煞那

2 3 1·7 | 6 5 6 1 5 6 3 | 5 (0 3 | 2 2 3 2 3 5 | 0 7 6 1 5 6 5) |
奸细，

2 5·6 | 1 2 3 1 | 5 1 6 5 | 3 5 6 2 3 | 5 - ‖
好盟 约粉 碎， 遗恨绵绵 永 久无尽 期。

76

泪 洒 莫 愁 湖

曾文炳　撰曲
冯刚毅　　唱

【诗白】徐澄挥尽伤心泪，难寻玉魄更凄酸罢妹呀!

【饿马摇铃】1=C 4/4

0 4 3 2 2 2 4 1 7 1 2 | 7·(4) 2 2 2 4 1 7 1 4 2 4 6 |
　　唉! 声声　叫　不断，　声声　带　血,抱恨更凄

5 (5) 5 5 7 1 7 1 2 1 2 1 | 7 1 2 7 0 1 2 4 5 4 5 4 2 | 1 0 4 3
然，　魂兮　去　远,枉我　　系　念,人独　悲对　谁　怜? 唉!

2 2 2 4 2 1 7 1 2 | 7 (04) 2 2 4 2 1 7 1 4 2 4 6 | 5 (5) 5 4 2 4 1 1
飞花　　似雪乱，　波光　　潋滟,冷月照轻　烟，　哀叹莫　愁,

0 2 4 | 1 1 1 1 1 7 5 6 5 5 0 2 2 4 | 5 0 7 6·7 6 7 6 5 | 4 5
一朝　羽化,羽化已断情　　缘,恨无　　边。卿此　番安　知　我心

6 5 3 5 2 (3 2) 3 2 3 5 | 2 3 2 0 4 4 5 2 1 7·1 2 5 4 2 | 1 0 1 2 2
悲难言，　恨绵　绵，　知否湖边　泪 血交　　溅? 你栖身

2 6 1 | 5 6 5 0 2 1·2 1 2 7 6 | 5 3 5 6 1 6 1 6 5 4 5 2 4 5·(4 2 1 2 4
水殿已　长　眠,唉!我今独　自　凭　吊泪　如　　泉。

5 6 4 5) ‖【乙反南音】4·2 1 7 1 0 2 6 5 4 5 2 4 5 (2 4 5 2 5 7 1) |
　　　　　　　厄　运　难　逃

4·2 4 7 1 7 1 7 5 1 7 1·(4 2 4 5 6 5 4 2 4) | 4 0 5 4 2 1 6 5 1
悲　复　怨，　　　　　　　有　谁

5 6 5 2 4 (5 6 5 2 4) | 5 2 4 1 6 1 5 4 2 4 2 (2 4 2) | 4·5 1 2 7 6
知　我　苦和　冤?　　　　　无

6 5 (5 4 5) 2 1 5 7 (4 2 4 7 5 7) | 5 4 5 (4 5) 7 1 7 5 5 7 1·(4
情　刀 下　情　已　断,

77

2 4 5 6 5 4 2 4) | 7 0 1 6 5 5 4 (4 2 4) 4·5 7 (4 2 4 5 7) | 1 1 (1 1)

　　　　　　　　　有　情　　　人　　却　抱呀

4 5 1 2 4 5 7 5 (4 5 2 4 5 7 5) | 4·2 4 7 (1 7 1) 1 1 6 5 | 5 1 6

愁　眠。　　　　　　　　　此　后　难　将——

5·6 5 6 5 4 2 4 2 (5 6 5 4 2 5 5 1 | 2 5 6 5 4 2 5 5 1 2 5 6 5 4

2 5 5 1) | 4 0 4 2 1 7 1 1 7 5 4 4 3 2·(4 2 4 7 1) | 4 0 2 4 7 1 7 5

唉！　此　后　难　将　　　妹　再

1 7 1·(4 2 4 5 6 5 4 2 4) | 4·2 1 2 4 3 2 (2 4 2) 1 2 5 7·(4

见，　　　　　　　痴　心　破　碎，

2 4 2 5 7) ‖【乙反二黄】7 1 4 2 1 1 7 5 6 4 5 7 1 1 2 4 3 2 (7 5 7 1 |

　　　　　　　复　恨

2 4 3 2) 5 4 5 7 1 1 7 1 2 4 2 4 5 2 4 2 1 7 5 1 7 | 5 7 5 (0 1 7

无　　　　　　　　　　　　　缘。

5 4 5 7 1 7 1 2 4 2 4 5 2 1 7 6 5 6 4 5) 1 7 | 5 (1 7 5) 1 5 5 6 4 3

　　　　　　　　　　堪叹　物　　在

2·2 4 (2 2 4) 2 7 | 5 (1 7 5) 1 2 5 0 7 1 4 2 (2 4 2 4 1 2 5 0 1 7 1 |

人·亡，　空自　含　　　悲

2 4 3 2) 1 7 1 2 4 3 2·4 2 1 1 7 5·1 2 5 4 2 | 1 (1 2 4 5

抱　　　　　　　　　　怨。

2·4 2 1 7 6 5·1 2 5 4 2 1 2 5 7 1) | 5 1 0 4 2 4 6 5 0 1 6 5

　　　　　　　　　　鸳　鸯

4 2 4·(2 4 5 4) 5 4 | 4 1 2 1 1 7 5 6 4 5 7 1 1 2 4 3 2 (7 5 7 1 |

拆　散，　　留得　此　　　恨

78

2452) 2·24 71 2 1 75 1 65 4 | 575 (5654 21257
绵　　　　　　　　　　　　　　　　绵。

5712 654 254 245)1 | 7·24 17176 55·(4565)511 |
我问　句莫愁，　　　　何以你

7·241 250171 422 (24217150171 | 2452)55 1 571 |
卖　身　　　　　　　　　　阎罗

2·42117 5·17124 | 71 (1571 2·42117 5·17124
殿?

1271) | 1465442165 1 56542(5654)517 | 714217 6
徐　澄　今日，　　　尤似在 恨

5654541124 52(7571 | 2542)22471217 51165 |
海　　　　　沉

4·5 35321612 4·5242 4 7·14245 | 7·15754
船。

242·424242475711 5 ‖【乙反长句花】245 7126 54 565
悲难言，恨　难　言，

554321246 1-4461-1-224·65-432-1·751
此生　难望结良缘，百结愁肠，肠 欲断，　　　阴 阳永

1-6545·75-【爽二黄】4/4 062 | 3235 21 43256 |
隔 凤 离鸾。　　　　　什么 金　粉世家，　原是

3203123 (2312 | 353)1·3221 535 | 1 (321326
腥 熏　血　染。　　　　　什么 皇　皇府第，

5351)62 | 1·35236 (66)21 | 62153 511 (615 | 171)
什么 皇　皇府 第，　　　此乃 罪　　恶

79

$\widehat{2\ 3\ 1}\ \underline{0\ 2}\ \underline{3\ 6}\ \underline{5\ 1}\ \underline{3}$ | $\underline{5}\cdot\ (\underline{3\ 2}\ \underline{3\ 1}\ \underline{3\ 5}\ \underline{1\ 3}\ \underline{5\ 3\ 5})$ | $\widehat{1\ 2\ 3\ 1}\ \underline{2}\ \widehat{1\ 5}$
之　　　　　　　　　源。　　　　　　　　　恶　妇　凶　残

$\underline{0\ 5\ 1}$ | $\underline{3}\cdot\ \underline{5}\ \underline{3\ 5}\ \underline{6\ 1}\ \underline{5}\ (\underline{6\ 5}\ \underline{3\ 5\ 6\ 1}$ | $\underline{5\ 3\ 5})\ \widehat{7}\cdot\ \underline{3}\ \underline{2}\cdot\ \underline{6}\ \underline{5\ 3\ 5}$ |
逼到　人　　亡　　　　　　　　　　命

$\widehat{2\ 1}\ \underline{2\ 1}\ \underline{2\ 3}\ \underline{1\ 1\ 1}$ | $\underline{1}\cdot\ \underline{2}\ \underline{3\ 2}\ \underline{3\ 5}\ \underline{2}\cdot\ \underline{3}\ \underline{2\ 3\ 2\ 7}$ | $\underline{6\ 5\ 6}\ \underline{1\ 2}\ \underline{7\ 2\ 7\ 6}$ |
损。

$\underline{5\ 6\ 3\ 5}$ | $\overset{7}{\underline{7}}\ 6\ -$ ‖ 【合尺滚花】$(\underline{7\ 2}\ \underline{5\ 7\ 6}\ -)\ \underline{2\ 6}\ \underline{2\ 5}\ (\underline{2\ 5})\ 2$
　　　　　　　　　　　　　　　　　　　　　　　可恨不仁　　　　祖

$\underline{1\ 5}\cdot\ \underline{6}\ \underline{7\ 6}\ -\ (\underline{7\ 2}\ \underline{5\ 7\ 6}\ -)\ \underline{3\ 2\ 3}\ \underline{5\ 6}\ 2\ -\ (\underline{3\ 5\ 6\ 2})\ \widehat{7\ 6}\ \underline{5\ 5}\ -$
母,　　　　　　　　　　教我此身长困　　　　奈何

$\underline{1}\cdot\ \underline{2}\ \underline{1\ 2}\ \underline{3\ 2}\ \underline{3\ 2\ 3\ 2}\ \underline{3\ 5}\ -\ \underline{3\ 5\ 3\ 2}\ ——$
天。

柳　　永

黄仕谋　撰曲
关筱萍　唱

【杨州二流】1=C　^{サ}（$3\ -\ 5\ -\ 3\ -\ 2\ -\ \underline{0\ 6}\ \underline{5\ 3}\ \underline{3}\cdot\ \underline{2}\ \underline{1\ 2}\ \underline{1\ 6}\ \underline{5}\cdot\ \underline{6}\ \underline{5\ 1}\ \underline{6\ 1}$

$2\ -\ \frac{2}{4}\ \underline{6\ 5}\ \underline{6\ 1}\ \underline{5\ 5}$ | $\underline{5\ 5}\ \underline{5\ 1}$ | $2\ -\ \underline{0\ 5}\ \underline{6\ 5\ 3\ 5}$ | $\underline{2\ 3}\ \underline{1\ 2}$ | $\underline{5\ 6}\ \widehat{1\ 7}$

$\underline{6\ 5\ 3\ 5}$ | $\underline{2\ 3}\ \underline{1\ 2})$ | $5\ \widehat{3\ 2\ 7}$ | $\widehat{6\ 1}\ \widehat{6\ 2}$ | $5\ (\underline{6\ 5\ 3\ 5})$ | $\underline{5}\cdot\ \underline{6}\ \underline{5}\cdot\ \underline{3}$ |
云中　鹤　任飞　翔,　　　　　天

2 3 7 6 | 5· 6 5· 6 | 5 6 5 | 0 3 2 3 2 7 | 6 1 6 1 2 3 | 1 - | (0
堑 无 涯 凌 霄 汉。

7 6 | 5· 6 | 5 6 1) | 0 2 5 | 6 3 2 | 3 5 | 0 3 1 | 5 6 5 | 0 3 6 1 |
扬 意 不 逢 呀， 虽 有 才 华 空 自

2 3 2 | (0 5 3 2 7 2 | 6 6 7 | 6 7 2) | 5 6 1 | 5 3 2 | 1· 3 2 1 |
赏。 寻 乐 欢

6 5 1 6 | 5 6 5 | (0 3 5 | 2 2 3 | 2 3 5) | 5 5 3 2 | 1· 2 3 | 6 |
场。 天 香 访， 步

2 3 | 7 2 7 6 5 | 0 6 1 | 1 3 5 | 0 5 2 | 3 5 6 1 | 5 (6 5 3 5) |
趋 忙， 梦 进 桃 源 能 把 愁 怀

2 3 2 7 | 6 1 6 1 2 3 | 1 1 0 3 | 2 1 2 3 | 1· 2 7 6 | 1 - ‖【二流】
开 放。

(0 3 2 1 2 3 | 1 2 3 1 | 0 3 2 1 2 3 | 1 2 1) | 2 3 2 | 0 5 3 5 |
风 流

6· 6 6 5 3 5 | 6 - (0 4 3 2 7 2 | 6 1 5 6 | 0 4 3 2 7 2 | 6 1 5 6) |
事，

5· 6 5· 6 | 5 6 5 0 5 | 1 1 0 2 3 5 | 2· 3 2 1 | 2 - | (0 5 3 2 3 5 |
平 生 畅。

2 3 1 2 | 0 5 3 2 3 5 | 2 3 1 2) | 2 2 | 1 - | 1 3 | 5 1 | 0 3 2 1 |
忍 把 呀 浮 名

6 1 0 2 7 6 | 5 1 0 2 7 6 | 5 3 5 ‖【滚花】ᵛ (5 1 7 6 5 -) 6 1 2 3
换 作 浅 斟

(6 1 2 3) 3 2 1 - 3 2 3 2 1 6 6 1 -【梆子慢板】 4/4 (0 6 1 5 3 5 6 1
低 唱。

81

5 6 4 3 2 ｜ 1· 2 3 5 i 7 6 i 5　1 2 3 4 5 6 5 3　2 3 4 5 3 5 3 2 ｜

1· 5 6 5 3 5　1 2 3 5 3 2 7 2 6· 7 6 1 2 3 1 2 3 1）｜ 3 2 7 6 3 0 5 6 1
金　殿龙

5（3 5 6 1 5 6 3 5）2 6 ｜ 3 2 1 5（2 1 5）1 1 1 2 3 5 3 2 1 6 1（3 5 3 2
吟,　　怎及　莺　啼　燕唱,

7 6 3 2 7 2　6 5 6 5 3　2 3 5 3 5 3 2 1 2 3 1）｜ 5 1 2 1 7 6　5 3 5
劳　形

1 2 7 6·（7 6 7 6）3 3 ｜ 6 1 3 2 1 7 6 5 3 5 1 6 1 2 3（2 3 1 2
案　牍,　　怎比　问　　句

3 4 5 3）5 3 5·（3 5）6 7 6 7 3 6 4 3 5 ｜ 3 5 3 0 1· 5 3 2 1（6 1 2 3
研　　　　章。　　　　　【白】六六

1 2 1· 7 ｜ 6 5 6 i 4 3 4 6 4 5 3 5 4 3 2 ｜ 1 0 2 7 6 5 5 6 4 5 3
真游洞，三三物外天，九斑麟隐破非烟，何处按云轩？昨夜麻姑陪宴，

5 0 i 6 5 4· 3 5 4 3 2 ｜ 1 2 1 0 3 7 6 5 5 6 4 5 3 ｜ 5 0 7 6 5 4 4 3
又话蓬莱清浅，几回山脚弄云涛，仿佛见金鳌。

5 4 3 2 ｜ 1· 2 3 2 3 5 6 i 5 0 5 6 5 3 2 3 5 3 5 3 2 ｜ 1 6 5 3 5

1 2 3 5 2 3 7 2 6· 7 6 1 2 3 1 2 3 1）｜ 1 3 5 6 6 1 2 3 5 3（2 3 1 2
秦　楼凤　吹,

3 5 3）｜ 1 2 3 5 2（2 3 2）3 5 1· 7 6 1 2 3 2（5 4 3 5 ｜ 2 3 4 5 3 2 7 6
楚　馆　云约,

5 3 5 5 6 i 6 5 3 5 2 3 1 2）6 6 ｜ 3 3 2 0 7 6 2 7 6 5（3 6 5 3 5）6 6
白白丝竹呀　和　鸣,　　夜夜

2 6 5 1 2 3 2 1 7 6 5（3 5 3 2 1 2 3 5 3 2 7 6 ｜ 5 6 3 5）5 2 3 1（2 3
管　弦　　齐

1) 5 3 5 3 2 1 2 3 5 | 3 2 0 5 3 2 3 0 5 2 3 2 1 6 1 2 (6 5) ‖【采菱曲】
　　　　　　　　　　　　　　　　　　　　　　　　　　　　　　　响。

3· 5 3 2 1 2 3 5 2 3 2 (0 5 3 5) | 2 3 1 3 5 6 1 5 6 5 0 3 2 | 7 2 7 6
曲　苑　竞风光，　　　　　争　要　填词　郎，　　师师　细

2 3 2 7 2 7 6 5 6 5 | 4 1 4 1 4 3 5 6 5 (0 7 6) | 5 3 5 6 7 6 7 2
心，香香情　　长，冬冬　寸心寸心有别向，　　　流　连　舞

6 7 6 (0 2 7) | 6 5 1 2 3 1 2 3 5 3 0 5 3 | 2 1 2 3 5 (6 5) 3 5 3 2
树，　　　旋　驻歌　坊，　素　愿　长　醉　温　馨

1 2 3 1 | 6 0 1 2 1 2 3 1 2 1 0 2 3 | 1 1 0 5 6 1 1 0 3 2 7 | 6 1
里，管不了　时　态乖　罔，　千金　散去，无用怨唱，英英美　貌似

3 2 3 5 6 7 6 0 3 2 7 | 6 5 1 3 2 3 5 6· (7) | 6 7 6 5 3 7 6 5 3 5
嫦　娥样，　腰肢软　若　柳神　魂　荡，　　　民　可　折腰乞米

2 3 2 | 0 1 6 1 2 3 5 3 5 3 2 1 2 1 | 0 1 6 1 2 3 5 3 5 3 1 2 3 2 |
粮！　李白醉酒一朝轻　舟　放，　　爵禄已居　高怎　封李广？

0 1 6 1 2 3 5 2 3 7 6 1 5 6 | 1 1 6 1 2 3 2 3 5 ³₅ 2 ‖【沉腔花】 廿
醉后　痛　哭阮　籍亦　迷　惘，李密抗旨心　　　安。

(5 6 7 -) 7 7 7 - 2 6 5 3 6 3 1 1 - 2 5 - 6 6 5 3 ⁴₄ 5【二黄合字过门】(3 5 6
数数数，数宦途之仕失意呀　官场。

7 6 7 2· 7 6 7 1 7 6 5 3 5) |【二黄慢板】 5 6 1 5 (6 3 5) 5 0 5
　　　　　　　　　　　　　　　　　黄　　　　　金

2 1 1 2 3 5 2 1 2 (2 1 2 3 | 5 1 6 5 3 5 2 3 5 5 6 1 6 5 3 5 2 3 1 2)
榜，

1 3 2 0 3 5 6 1 0 3 2 1 2 0 5 3 2 | 1 2 7 1 (1 2 3 4 5 3 5 2 6 5 3 5
偶失　龙头望，

2 3 7 2 6 1 5 6 | 1 0 i 6 5 4 3 2 7 2 3 4 5 4 3 2 3 4 5 3 5 3 2 1 2 7 1) |

5 0 3 2 7 6 0 6 3 · 3 5 (5 6 5) 6 6 | 5 5 0 4 3 2 1 2 3 5 2 1 7 6
明　　代　暂　遗　贤，　　　未　遂　青

6 5 (3 5 3 2 1 2 3 5 2 1 7 6 | 5 7 6 5) 3 2 0 5 3 2 1 6 5 0 2 3
云

1 6 1
5 3 2 0 5 3 2 | (0 5 2 0 5 3 2 1 6 5 0 2 3 5 3 2 0 5 3 2 1 2 7 1) |
往。

3 2 5 4 3 2 0 5 3 2 7 6 (3 5 6 7 6) 6 1 | 3 0 5 6 1 5 3 5 6 1 · 7
得　　失　何　须　论，　　　但　有　红　　袖

6 5 6 1 5 3 5 | 6 7 6 5 1) 5 4 3 2 · 7 2 3 5 3 2 1 2 7 6 · 1 | 2 (2 7 2 3
添　　　　香。

5 6 4 3 2 5 3 2 1 3 2 7 6 5 6 1 2 3 1 2) | 5 3 5 1 2 (2 3 2) 1 · 3 5 · (6
才　子　词　人

5 3 5) 6 6 | 6 0 3 5 2 3 6 5 0 1 2 3 (6 5 3 5 2 3 6 5 0 1 2 | 3 5 6 5 3)
自　是　白　　　衣

5 2 0 5 3 2 | 1 6 5 0 2 3 5 3 2 0 5 3 2 | 1 (5 2 0 5 3 2 1 5 0 2 3
卿　　　　　相。

5 3 2 0 5 3 2 1 2 7 1) 2 1 | 3 0 5 6 1 5 3 5 6 7 6 5 1 (6 5 1 2 1) 7 2 |
一旦　时　来　运　到，　　　定　可

6 0 2 7 6 5 6 3 5 6 7 6 5 1 (2 7 6 5 6 1 5 4 3 5 | 6 7 6 5 1) 2 1 2 3 2
尽　　露　　　　　　锋

1 0 2 7 6 5 6 7 6 1 6 5 | 3 4 5 3 0 7 6 5 3 2 3 5 6 5 1 2 7 6 |
芒。

5 1 6 5 4 3 2 · 3 4 3 5 · (3 2 1 5 · 3 2 1) ‖【合字过门】 5 3 5 6

庸 人

7 6 7 2 · 7 6 7 2 · 2 7 6 5 6 1 5 | (0 5) 5 3 2 7 7 6 7 6 7 2 5 3 5 6 |

自 欺 赴 科 场， 功勋 利禄 世 间人 人

1 1（6 5 6 i）5 1 2 3 5 3 2 3 · 1 2 7 6 1 | 5 · 6 1 3 5（7 2 7 6）

罕， 功名 与 芬芳， 我甘弃 雁塔 扬， 爱红裳，

5 3 5 6 1 2 7 6 5 | 6 5 3 5 3 2 0 5 6 1 2 3 2 1 ·【二黄】6 1 |

醇 醪 美 人， 影鬟 共衣香， 寻梦 多欢 畅。 幸有

1 3 2 7 6 7 1 0 2 7 6 5 3 5 · 6 7 2 · 1 7 6 | 5 4 3 4 5（5 6 7 1 2 3 2 7

意中 人，

6 0 7 6 7 6 5 3 0 5 3 5 6 1 | 5 6 3 5 3 5 6 7 6 7 2 3 2 7 6 7 1 0 2 7 6

5 4 3 4 5）| 5 6 5 3 2 3 0 5 2 1 0 2 3 5 2 1 2 0 5 3 2 | 1 2 7 1（3 2

堪 寻访，

1 2 3 4 5 · 4 3 5 2 6 5 4 3 2 1 7 6 5 7 6 5 | 1 0 i 6 5 4 3 2 0 3 2 1 7 6

5 0 6 5 4 3 2 1 5 6 7 1）| 6 5 1 3 2 7 6 5 6 1 5 6 4 3 2（3 5 2 3 2）2 1 |

陌 巷 烟 花， 依约

3 2 0 3 5 2 3 6 0 2 7 2 3 2 3（3 2 3 5 2 3 6 0 2 7 2 | 3 4 5 3）

丹 青

3 5 6 1 5（6 1 5）6 7 6 7 2 6 1 2 1 5 | 1（6 7 6 5 3 5 6 1 5 3 5

屏 障。

6 1 2 1 5 1 2 3 1）2 5 | 5 3 5 6 1 3 2（0 3 2）7 2 7 6（3 5

隐藏 巫 峰 十 二，

6 7 6）6 1 | 3 0 5 6 1 5 3 5 2 2 · 3 1 ·（7 6 5 6 1 5 3 5 |2 2 5 1）6

幻觉 神 女 会

85

5 3 2 1 0 3 2 2 3 2 7 6 7 1 0 2 7 6 | 5· (7 6 5 5 3 2 1 3 2 7
襄   王。

6 7 1 0 2 7 6 5 5 6 3 5) 5 1 | 2 0 5 3 2 1 7 1 2 3 5· (6 5 6 5) 1 6 |
难禁 倚 翠 偎 红,   每念

3 2 0 3 5 2 3 6· 2 7 2 3· 5 3· 5 3 5 3 2 | 7 6 3 2 7 2 6 5 1 2 7 6
青 春

5 6 5 (6 1 6 5 3 2 3 5 6 5 6 1 | 5 6 3 5) 3 2 0 5 3 2 1 6 5 0 2 3
一

5 3 2 0 5 3 2 | 2 3 1 0 ‖【小锣相思】²∕₄ (7 7 7 2 | 7 2 7 6 1· 2 |
响。

7 7 7 2 | 7 2 7 6 1 | 7 7 7 2 | 7 2 7 6 1 2 3 | 1 0 3 2) ‖【寄生草】

1 2 3 1 7 6 | 5 3 5 6 1 (3 5) | 2 3 2 5 6 1 2 3 | 7 2 6 1 5· (6
揭纱 帐, 情怀 放,   千般风情欲语娇羞 对 檀 郎,

5 6 5) 5 6 1 | 6 1 6 5 3· (5 | 2 3 1 2 3· 5) | 6 1 6 5 3 5 6 1 |
含 笑 慢卸艳浓妆,   芬 芳透射 香衾

6 5 3 5 2 | 5 6 5 3 2 3 5 | 3 5 3 2 1 7 6 | 5 3 5 6 1· 1 | 2 3 1
低语问暖寒,柳 眼 梨 涡 秋 波 放,百媚 难 敌抗,似 天仙降,

(0 3 2) | 1 2 3 1 2 7 6 | 5 3 5 6 1 (3 5) | 2 3 2 5 6 1 2 3 | 7 2 7 6 1
最娇 处 是 凝 眸 看,   倾 城令众生 各 断

5 ‖【滚花】 ˢ (3 5 2 3 1 -) 3 3 7 6 5 3 2 1 (3 3 7 6 5 3 2 1)
肠。   金风淡荡近骚 客,

6 3 3 2 1 1 1· 2 3 2 3 (3 2 1 2 3) 6 1 - 7 6 5 3 5 - ᵗ 3 3 2 2 3 2 1 6 1 —
玉山 醉倒   为 红 妆。

86

风雪夜归人

蔡衍棻　撰曲
梁玉嵘　唱

【迷离】1=G 3/4　（5 6 7｜i - 7｜6 - 2｜i· 2 7 6｜5· 6 4 3｜2· 5

6 5｜3 - 2｜i 3 5｜i）1 2 3 4｜5 - 3｜6 - 3｜5 - -｜5 - 3｜

沉沉夜　色，漫天大雪，　似是

6 - 3｜5 - 4｜1 - 2｜3 - -｜i - 7｜6 - 2｜i· 2 7 6｜5 - -｜

洒泪雨，野林寒树，　忍山川隆冬凄风里。

5 - 3｜6 - -｜5 - 3｜i - 7｜6 - -｜2 2 3 4 0 7｜3 - 2｜

我冒风　遍踏此荒郊，　茫茫路径莫知所

1 - -｜5 - 6｜3· 2 1 6｜4· 6 5 4｜3 - -｜5 - 6｜1· 2 1 6｜

至。　人　夜归，不禁临风洒涕泪，　人倦矣，恋故

　　　　　5 3 -
4 - 6｜（3 3 1 1｜5 5 1 1 3 3）｜5 - 3｜6 - 3｜5 - -｜5 - 3｜

家思　故地。　　　　每日思念你，　每夜

6 - 3｜5 - 4｜1 - 2｜3· 5 6 5｜3 - 4 3｜2· 5 6 5｜3 - 2｜

思念你，背人垂泪，凭尽栏杆，苦相　思，无日能安，书

1 3 5　∨｜i - ‖【二黄】1=C 4/4　（0 7 6｜5 3 5 6 7 2 6 7 2 3 2 7

信无从　寄

6 7 1 7 1 7 6 5 6 3 5）｜1 2 7 1（2 7 1·）5 5· 5 3 2 1 2 2（2 1 2 3

寄　　　　愁心，

5 6 1 6 5 3 5 2 5 3 2 1 5 7 6 5 6 1 6 5 3 5 2 3 1 2）｜1· 1 7 6 5

寄

87

3·5 3 5 6 1 ｜ 5 0 1 6 1 2 1 2·5 3 2 ｜ 1 3 2 7 1（5 3 2 1 2 3 4 5 6 5
离　情，

3 5 2 6 5 4 3 2 1 7 6 5 4 3 5 ｜ 1 1 6 5 4 3 2 7 2 3 4 5 4 3 2 3 4 5 3 4 3 2

1 2 7 1）｜ 2 2 7 6 5 6 0 7 6 5 3 5 3 7 ｜ 2 3 5 2 3 1 2 3 0 5 3 5 3 3 5 3 2 ｜
写书　容易 寄　时难，展尽 素　笺

7 6 3 2 2 7 6 5 1 2 7 6 5（6 1 6 5 2 1 3 5 6 1 ｜ 5 6 3 5）3 2 3 5 6 2 7 6
无

5 2 3 2 7 6 5 6 1 2 3 5 ｜ $^{6}_{\tau}$1（6 7 6 5 3 5 6 1 5 3 2 7 6 5 6 1 2 3 5
一　　　字。

1 2 3 1）2 7 ｜ 3 2 5 4 3 2·（3 2 3 2）3 2 2 7 6（3 5 6 7 6）2 7 ｜
忍顾 乡　关　归　路，　　不禁

6 1 3 2 1 7 6 5 0 5 3 2 1 3 2 7 1（3 2 7 6 5 6 1 5 3 2 ｜ 1 2 7 1）
目　　　翳

3 5 6 5 3（5 6 5 3）1 6 1 6 5 3 1·2 7 6 ｜ 5（6 1 6 5 3 5 6 5 3 6 5
神　　　　颓。

3 1·2 7 6 5 6 3 5）｜ 5 3 5 1 $^{3}_{\tau}$2 3 1 1·3 5（3 6 5 3 5）5 3 ｜
寒　更敲碎愁 肠，　　时忆

5 1·5 3 2 1 2 3 5 2 1 1 2 5（0 5 3 2 1 2 3 5 2 1 1 2 ｜ 5 1 2 5）
前　　　尘

5 3 2 1 2 3 5 2·3 2 1 7 6 5 6 4 3 5 ｜ $^{6}_{\tau}$1（0 5 6 7 1 1 7 6 1 7 6
影　　　事。

5·5 1 2 3 6 6 6 5 4 3 ｜ 2 2·5 4 3 2 2 3 5·4 3 4 3 2 1 7 2 5 3 2 7 6 ｜

5̣ - -）‖【小曲楼台会】 1=C 2/4 0 7 6 5 | 3 5 3 1 7 6 | 5 (0 2 1 7) |
忆起了　寒门　村酒　美，

6 1 6 5 4 3 | 2 (0 6 5) | 3 2 3 5 · 7 | 6 1 5 6 1 (6 5) | 3 · 5 7 6 1 |
共酌　多知　已，　　论诗　又　谈赋，　　悠　然乐何

5̣ (0 7 6 5) | 3 5 3 1 7 6 | 5 (0 2 1 7) | 6 1 6 5 4 3 | 2 (0 1 6 5) |
如。　　复履　荆钗　约，　　　便聘就山　妻，

3 5 2 3 5 · 7 | 6 1 5 6 1 (6 5) | 3 3 5 7 · 6 | 5̣ 0 1 2 | 3 · 2 3 5 1 6 |
互　敬复互　爱，　　融融　庆齐眉。自悔　心　醉封妻荫

2 0 2 3 | 4 6 6 4 2 7 | 3 0 3 5 | 7 · 6 7 2 | 3 2 3 5 6 1 7 | 6 · 2 |
子，远走　京师新婚却别　妻，岂知　仕　途路满　浊流厉　风,枉有　才　高

7 2 6 1 | 5̣ - ‖【反线中板】 2/4 (3 5 6 1 5 5 | 5 5 5 6 5 6 4 | 3 2 3 1) |
未把名　题。

0 5 5 5 3 5 (5 5 | 5 6 3 5) 1 6 5 3 5 6 1 6 5 4 3 | 2 (6 1 6 5
冷眼看　　　　官　　　　　场，

3 5 6 1 6 5 4 3 | 2) 6 3 1 6 1 | 1 1 6 5 3 (6 5 3 4 3) 1 1 | 1 6 1 5
　　　　　　贪墨成　时　弊，　　贫寒如我

5 (1 6 1 5 | 5) 5 7 6 1 5 | 3 5 3 5 3 2 1 (6 1 5 4 3 2 | 1) 6 1 6 5 3 · (5
辈，　难占凤　凰　枝。　　　　　　阮　籍

6 1 6 5 3 ·) 5 2 3 1 0 5 3 5 | 6 (6 1 6 5 3 5 2 1 0 5 3 5 | 6) 3 2
叹襄　　空，　　　孟尝

3 6 1 5 | 5 4 3 2 (3 5 2 3 2) 5 5 | 5 6 1 2 3 5 2 (6 1 2 3 5 |
没　处　寻，　　世态　本炎　凉，

2) 3 1 6 1 · 7 6 5 | 3 5 · 1 6 5 3 (2 3 1 2 | 3) 6 5 5 3 2 1 2 3 5 |
尽尝此中　　味，　　　文章不

2（35232） 7·32327 | 6·161261（56126 | 1）

值　　　　　　钱，

6 5 3 2 1·1 | 6 i 6 5 3（65353）6 1 | i 6 5 3 5 6 i 5（3 5 6 i

经　伦人不　重，　　　当年深　悔

5）3 2 5 3 2 2 7 | 6 0 1 2 3 1（56123 | 1）3 5 5 6 3 5（3 5

习文　辞。　　　　　梦已觉

5 6 3 5）2 3 1 0 5 3 5 | 6（6 i 6 5 3 5 2 1 0 5 3 5 | 6）6 i i 6 1 5

南　柯，　　　　　帝乡不

5 6 4 3 2（35232）6 3 | 6 5 3 5 5 1 2（3 5 5 1 | 2）6 5 6 i 3

可　期，　　拂袖不　如　　归去

5 6 5 5 0 2 3 2 7 | 6 5 6 i 5·5 3·5 6 i | 5 i 6 5 4 3 2 3 4 5 3 |

矣！

5 - ‖【明月千里寄相思】1=G 4/4 0 i 7 | 6·5 3 2 3 0 5 3 5 6 5 6 |

匆　匆　忙忙，已踏遍千里

1·2 3·5 2 3 5 0 3 5 | 6·5 6·i 2 3 2 7 6·6 5 | 3·5 2 6 1 2 |

途　程渐觉人倦矣，遥　望前路有灯火在，仿见　淑女倚闾盼我

3 4 3 3 | 2·3 5 3 5 0 5 6 3 2 3 5 | 6·i 6 5 6 0 i 2 i 6 5 6 |

归。　忙拨雨雪快奔驰，万里　归心一片痴诉不尽，无复

i·6 i·2 3 5 2 0 i 6 5 | 3·5 6 5 i 6 5 - |（i 6 5 3·5 6 5 7 6 |

再　恋京师，耕织　乐共唱随。

5 | 5 -)‖

90

杜丽娘写真

陈冠卿　撰曲
郑培英　　唱

【北上小楼】 1=G　ᵗ（6 5 4 3 2 -）2 3 2 - 5 6 5 - 5 5 3 2 6 4 3 2 -
　　　　　　　　　强撑起　瘦纤腰，倚　台把　容描。

【反线二黄板面】 4/4 （0 3 5 2 3 5 i 6 i 5 5 6 i | 1 6 5 6 i 5 6 1 2 3 4 5

3 2 3 2 3 5　2 3 2 7 6 5 6 1 | 5 6 1 3 5 6 i 5 · i 7 6 · i 6 i 6 5

4 3 4 5 3 · i | 6 i 6 5 3 2 3 5 2 0 5 6 1 2 3 2 1 2 3 1）|【反线二黄】

【白】正是三分春色描来易，一段伤心画出难啊！　　　　　　　　　　　【唱】

5 5 · 6 i 6 i 6 · i i 6 6 5 3 （2 3 1 2 | 3 5 3）5 3 5 2 3 2 7 6 · 1 2 （3 5

对　菱　花，　　　　　　　　挥　　彤　管，

2 3 2）5 1 | 6 0 3 2 7 6 6 1 5　6 1 2 3 5 6 3 （2 3 1 2 | 3 5 6 3）

不禁　热　　　泪

6 5 6 5 6 5 5 0 6 i 6 i 6 5 3 | i · 6 5 4 5 · 6 4 5 4 3 | 2 3 5 3 2

飘　　　　　　　飘。

1 · 2 1 2 3 5 2 3 2 1 6 1 2 3 2 （2 1 2 3 | 5 6 i 6 5 3 5 2 3 6 5 4 3

1 5 6 5 6 1 2 3 1 2）| 1（1）³⁄₂ 0 7 6 5 3 · 5 2 3 5 · （i 3 5 6 i |

　　　　　　　　　　　镜　中　　　　　　　人，

5 6 3 5）6 5 6 5 6 1　5 4 3 2 （3 5 2 3 2）5 6 | 3 2 5 6 1 2 7 6

病　　　伤　春，　　　无复　当

5（5 3 5 6 1 2 3 5 2 1 7 6 | 5 3 5）1 1 2 3 5 2 2 3 2 1 6 · 1 7 6 5 |

年　　　　　　　　窈

1（6535 2·3 5 5 53 6·1 2 1 3 2 1 2 3 1）6 | 5·5 6 6 6 6 5 4 3
窕。　　　　　　　　　　　　　　悲蔡　女思乡忆汉

2（2 3 2 1 6 1 2）3 2 | 7 6 2 7 0 1 6·1 2（1 2 3 5 2 3 1 2）|
朝，　　　　悲　白头卓氏　怨琴　挑，

2 2 1 6 5 3·5 2 3 5（3 5 2 3 | 5 6 3 5）6 1 6 5 3（1 6 5）5·5 3 2 3 5
悲　秦　娥　　　　伤　别　灞　陵·

2（2 3 2 1 6 1 2）| 3 2 1 5 6 5 3·5 6 6 5 3 2 3 5 2（5 6）| 7·6
桥，　　　悲　陈后长　门悲　寂　寥，　　是

7·6 7 6 7 0 2 7 | 6 7 2 7 6 5（5 5）6 1·2 | 4 2 5 3 2 2·3 2 3 2 1
是　是　西蜀杜　丽娘，

6·1 2 1 7 1 3 7 | 3·3 2 3 2 7 6·（7 6 7 6）1 2·（3 2 3 2）5 3 |
一梦莺　情　蝶意，　　　赢得

2 2 3 2 7 6·1 5 | 6 1 2 3 5 6 3（2 3 1 2 | 3 5 6 3）5 6 1 5（6 1
骨　立　　　　形

5）3 5 3 2 1 5 6 1 | 3 2 5 3 5 2 6 5 3 5 2 3 2 1 6 1 2 3 6 | 3 3
销。　　　　　　　　　　　什么　玉树

5·6 2 7 6 6（2 3 2 7 | 6 6 6·7 6 1 5 6 1 7 6 5 6 1 3 2 3 5 6 7 2 6）|
丰　标，

6 5 3 2 1（5 3 2 1）2 1 3 5 0 6 5 3 5 6 2 1 2 3 | 5 3 5·6 7 6 7 2 7
风　流　才谢，

6·7 6 7 6 5 3·5 3 5 6 1 | 5 6 3 5（0 1 6 1 6 5 3 0 5 6 0 1
　　　　　　　　　　　　　　

2 3 1 2 1 2 3 | 5 3 5 3 5 6 7 6 7 2 2 7 6 1 6 5 3·6 5 6 3）2 7 |
　　　　　　　　　　　　　　已是

7 6 1·2 5 3 3 2（1 2 3 5 2 3 1 2）| 2 6 6·3 2 3 4 5 3（3·3 3 3）|
雾蒙　花，　　　　云掩　月，

92

$\widehat{3\,6}\,0\,1\,2$ $\widehat{3\,6}\,0\,1\,2$ $\widehat{2\,2\,2\,2}\,5\,3\,2$ | $\widehat{1\,2\,3\,2}\,1\,\widehat{6\,6}\,2\,1\,6\,5\,5\,3\,2\,2\,5\,5\,1$ |
一屏　镜，九重　宵，只可　　闭　目　沉思，追忆那

$\widehat{6\,6}\,1\,6\,5$ $\widehat{3\,5}\,2\,1\,2\,3\,5$ $(\widehat{6\,1}\,6\,5\,\dot{3}\cdot\widehat{5\,2}\,1\,2\,3$ | $5\,\dot{1}\,6\,\dot{1}\,5)\,\widehat{3\,6}\,1\,2\,3\,5$
旧　　　时　　　　　色

(稍快)
$2\,0\,2\,3\,2\,1$ $5\,3\,5\,6$ | $1\,(0\,3\,2\,1\,1\,0\,5\,6$ | $1\,1\,0\,3\,2\,1\,1\,0\,5\,6$ |
笑。

$1\,3\,5\,2\,3\,2\,1\,6\,1\,2\,3\,1\,2\,1)$ | $5\,5\,3\,2\,1\,6\,1\,2\,3\,(2\,3\,1\,2$ | $3\,5\,3)$
点樱　唇，

$5\,3\,1\,2\quad6\,2$ | $5\cdot5\,3\,2\,3\,5\,2\,3\,2\,1\,6\,(5\,6\,3\,5$ | $6\,7\,6)\,3\,5\,5\cdot6$
勾粉脸，杏眼　桃　腮　　　　　着意

$4\,3$ | $2\cdot5\,3\,2\,3\,5\,2\,3\,1\,2\,(6\,5\,3\,5$ | $2\,2\,2\,3\,2\,3\,5\,1\,5\,6\,1$ | $2\,3\,2)$
描。

$5\cdot5\,2\,0\,2\,7\,6\,5\,1\,(2\,3$ | $1\,2\,1)\,6\,7\,6\,5\,3\,5\,(6\,5\,0)$ | $2\cdot5\,2\,1\,7\,6$ |
如　出　水　　　　艳　芙蕖，　秋

$5\,(3\,5\,2\,1\,7\,6$ | $5\,3\,5)\,6\cdot1\,2\cdot3\,5\,4\,3\,2$ | $1\cdot(3\,2\,3\,5\,3\,5\,3\,2$
池　　　　夕　　照。

$1\,2\,1)$ | $\widehat{3\,6}\,0\,1\,2\,(3\,5\,3\,1\,2$ | $3\,5\,3)\,5\,3\,2\,7\,7\,2\,3\,5$ | $2\,0\,3\,5$
风环　雾鬓，　　　拖　曳着经盈婀

$1\cdot2\,3\,(2\,3\,1\,2$ | $3\,5\,3)\,5\,5\,0\,1\,0\,2\,3\,5$ | $2\,(3\,5\,2\,3\,5\cdot6\,1\,5\,6\,1$
娜　　　　楚宫　　腰。

$2\,3\,2)$ ‖ 【秋江别中段】$3\,3\,5\,\dot{1}\,7\,6\,5\cdot(6\,5\,6\,5)$ | $6\,5\,4\,3\,2\cdot(1$
　　　　　　　微微　秋波　送，　　双颊泛红潮，

$6\,1\,2)$ | $3\,3\,\dot{1}\,6\,\dot{1}\,5\cdot(6\,5\,6\,5)$ | $6\,3\,6\,4\,3\,2\,1\,2\,3\,5\,6\,4\,5$ | $2\,3\,5$
盈盈　娇体　怯，　　手弄　春梅　条，　似喜　还嗔

$5\,3\,2\,1\cdot(2\,1\,2\,1)$ | $\dot{1}\,6\,\dot{1}\,6\,5\,3\cdot5\,3\,2\,3\,5$ | $6\,\dot{1}\,2\,7\,6\,\dot{1}\,5\cdot(6\,7\,\dot{2}$
轻浅　笑，　　丹青　　妙，似嫦娥下界　玉　女下琼　瑶。

93

【小曲】 1=C 4/4 （5·5 44 55 2｜5·5 44 55 2）｜4 2 1
千

7·1 2·1 71｜2（4·5 21 24）｜6·1 56 1·2 65｜4 2 45
样 娇 百 样 娇， 石 火 泡

6·（1 45）｜1·2 65 45 12 6｜⁶⁄₇5·（1 42 5）｜6 26 53
光 转 眼 消， 画 中 人

5 6｜1·（65 672）｜6 65 4·5 76｜5·（6 42 5）｜1－1 22 7
容 自 俏， 画 外 人 泪 如 潮， 高 山

54 571（256）｜1 176 165｜4·（5 45 4）｜2·3 21 5 3 56
流 水 知 音 杳， 勾 成

76 76（456）｜1·2 65 45 16｜5－（5）43｜2 32·5 456
玉 貌 有 谁 瞧？

5－（24｜56 ⅴ 5－）‖【乙反滚花】5 1－76 50 27 1－3－2 1 12
何处 觅赵颜 把画里 真 真叫？

3－21 717－171－ 4/4 （05 42 2·4｜17 15 42·4 24 21
【白】偶成一诗藏春色，题于帧首啊？

7 57 12 54 21 0 757｜11 04 24 11 0 757｜11 04 24 11
5 7｜1－）‖（一捶）【念诗】"近睹分明似俨然，远观自在若飞仙，他年
得傍蟾宫客，不在梅边在柳边。"唉！【二流】1=C 1/4 （05｜3 2 3 5

2 7 6 5｜12｜7 6｜55｜3 5 3 5 3 2｜1 2 7 6｜5 6 1｜0 3 2 1 2 3

1 2 1｜0 3 2 1 2 3｜1 2）6 1｜5 3 2｜6 5｜5 6｜1 2｜0 3 2 7
但有 芳 草 白 杨 啼 杜 宇，

$\overline{6\ \underline{1\ 5}}\ |\ 6\ (\underline{0\ 5\ 3\ 2\ 7\ 2}\ |\ \underline{6\ 7\ 6}\ |\ \underline{0\ 5\ 3\ 2\ 7\ 2}\ |\ \underline{6\ 7})\ \underline{2\ 3}\ |\ \underline{6\ 3}\ |\ 2\ 2\ |$

那得　蟾宫　贵客

$\overline{7\ 6}\ |\ \underline{0\ 1}\ |\ \underline{2\ 3\ 2\ 1}\ |\ 2\ (\underline{0\ 5\ 3\ 2\ 3\ 5}\ |\ \underline{2\ 3\ 2}\ |\ \underline{0\ 5\ 3\ 2\ 3\ 5}\ |\ \underline{2\ 3\ 2})\ |$

傍云　　边？

$\overline{4\ \underline{3\ 2}}\ |\ \underline{1}\ |\ \underline{1\ 4}\ |\ \underline{3\ 2\ 1}\ |\ \underline{0\ 2\ 7}\ |\ \underline{6\ 6}\ |\ \underline{0\ 6\ 1}\ |\ \underline{5\ 6\ 3}\ |\ 5\ (\underline{0\ 7\ 6\ 1}\ |$

闺中　侣　有春　香，

$\overline{5\ 6\ 5}\ |\ \underline{0\ 7\ 6\ 5\ 6\ 1}\ |\ \underline{5\ 6\ 5})\ 5\ |\ \underline{3\ 2}\ |\ \underline{0\ 3\ 2\ 1}\ |\ 1\cdot\underline{3}\ |\ \underline{2\ 5\ 3\ 2}\ |$

　　　　长　将　　我　叫。

$\overline{1\ 2\ 7}\ |\ 1\ (\underline{0\ 3\ 2\ 1\ 2\ 3}\ |\ \underline{1\ 2\ 7\ 1}\ |\ \underline{0\ 3\ 2\ 1\ 2\ 3}\ |\ \underline{1\ 2\ 7\ 1})\ |\ \underline{7\ 6}\ |$

　　　　　　　　　　　　月落

$\overline{2\ 1\ 5}\ |\ \underline{3\ 7}\ |\ \underline{6\ 7\ 2}\ |\ \underline{0\ 3\ 2\ 7}\ |\ \underline{6\ 1\ 5}\ |\ 6\ (\underline{0\ 4\ 3\ 2\ 7\ 2}\ |\ \underline{6\ 7\ 6}\ |$

乌　啼　惊恶　梦，

$\overline{0\ 4\ 3\ 2\ 7\ 2}\ |\ \underline{6\ 7\ 6})\ \underline{3\ 6}\ |\ \underline{6\ 7}\ |\ \underline{6\ 5\ 5}\ |\ \underline{0\ 1}\ \underline{2\ 3\ 2\ 1}\ |\ 2\ (\underline{0\ 5\ 3\ 2\ 3\ 5}\ |$

　　　　清明　寒食　泪　儿　　飘。

$\overline{1\ 6\ 1\ 2}\ |\ \underline{3\ 2\ 5\ 4\ 3\ 5}\ |\ \underline{2\ 3\ 2\ 1}\ |\ \underline{5\ 6\ 5}\cdot\underline{6}\ |\ \underline{5\ 6\ 5\ 0\ 1}\ |\ \underline{2\ 3\ 2\ 5}\ |$

【白】爹爹！娘亲！

$\overline{6\ 1\ 2}\ |\ \underline{0\ 5\ 3\ 2\ 3\ 5}\ |\ \underline{2\ 3\ 2}\ |\ \underline{0\ 5\ 3\ 2\ 3\ 5}\ |\ \underline{2\ 3\ 2})\ |\ \underline{1\ 1}\ |\ 5\ |\ \underline{1\ 6}\ |$

　　　　　　　　　　　恕女　儿　孝顺

$\overline{5\ 3\ 2}\ |\ 1\ |\ \underline{0\ 2\ 3}\ |\ \underline{6\ 6}\ |\ \underline{0\ 1}\ |\ \underline{5\ 6\ 5\ 3}\ |\ 5\ (\underline{0\ 7\ 6\ 5\ 6\ 1}\ |\ \underline{5\ 6\ 5}\ |$

无终，

$\overline{0\ 7\ 6\ 5\ 6\ 1}\ |\ \underline{5\ 6})\ \underline{5\ 1}\ |\ \underline{1\ 2\ 1}\ |\ 5\ (\underline{6\ 1}\ |\ 5)\ \underline{3\ 2}\ |\ 1\cdot\underline{3}\ |\ \underline{2\ 5\ 3\ 2}\ |$

　　　　难以　再　承　　欢　笑。

$\overline{1\ 2\ 7}\ |\ 1\ (\underline{0\ 3\ 2\ 1\ 2\ 3}\ |\ \underline{1\ 2\ 1}\ |\ \underline{0\ 3\ 2\ 1\ 2\ 3}\ |\ \underline{1\ 2\ 1})\ |\ \underline{3\ 5}\ |\ 2\ |\ \underline{5\ 1}\ |$

　　　　　　　　　　　　勖劳　恩　来世

$\overline{1\ 2}\ |\ \underline{0\ 3\ 2\ 7}\ |\ \underline{6\ 7\ 2}\ |\ \underline{7\ 2\ 7\ 6\ 5\ 6\ 3\ 5}\ |\ \underline{6\ 2\ 3\ 5}\ |\ 6\ 6\ (\underline{0\ 4\ 3\ 4\ 3\ 2}\ |$

报，

7 7 7 6 | 7 6 7 2 | 7 2 7 6 5 6 7 2 | 6̣·7 | 6̣ 2 3 5 | 6̣) ‖ 【散板】

2 2 —（2 3 2）6 6 5 — 6 5 6 4 — 5 3·5 3 2 1·2 1 2 1 2 3 5 3 2 3
永诀　　　　　　今

3 3 3 3 2 2 ——
朝。

梅花葬二乔

劳　锋　撰曲
卢筱萍　　唱

【二泉映月】1=G　$\frac{4}{4}$　5 6 4 3 2·（3 5）|　2 3 5 1 2 5 3（2 1 2
　　　　　　　　　　　　　晚风送入帘，　　　绕江 冷　烟，

3 2 3 5）| 6 5 6 5 6 1 5·（3 5 5 3）| 2 6 5 6 1 2 3（2 1 2 3 2 3 5）|
花塔耸 天　汉，　　　横江有　　影，

2 3 5 1 6 2 3 5 1（6 1 2 3 5 6）| 1 6 1 3 3 2 1（3 2）1 2 3 5 | 2 3 1
南岸敲钟海幢夜参禅。　　　有泪 非哀秋扇，　　每 思 家 国

6 1 2 3 5（3 5 6 1 2 3 | 5 3 3 3 5 6 6 5 1 1 | 3 5 6 5 6 1 5）5 5 1 |
泪 潸 然。【白】清兵入关，内忧外患，战祸南延。　　　　　【唱】残明国

6 5 6 4 5 3 3 5 3 | 2 3 2 1 6 1 6 1（6 1）1 1 2 | 3 5 1 2 5 5 6
祚已趋泯 灭，沧　海　事态万变。　　铁马　跨　常每叹匪

96

5·(61 5 5 6) | 5 3 5 3 3 5 6 (666 | 6 6 6 3 5 6 i 6 6 6 6) |
战,　　　　　　痛悼帝业万里迁。【白】中原已非我属，奈何！　【唱】

6 6 6 5 6 i 5 5 5 i | 6·(6) 5 6 5 4 3 3 5 3 5 | 2 3 2 1 6 1 6 1 (3 5)
孤军英勇死 战,文人雅 士　勇膺武 略,披　　坚　　为国赴战。

1 1 2 | 3 5 1 2 5 5 6 5 (3 5 6 5 6 | 1 5 4 1 2 1 2 3 5·3 | 5 1
红颜　命不辰糶劫已匪远。【白】橘井流香，杏林春满，亦难为我再造二天，

1 5 3 5 6 i i 5 | 6 6) 5 6 5 5 3·2 3 5 | 5 2 3 5 2 3 5 6 1 - ‖
为我续命！　　　　【唱】每思爱与恨，难望婪　凯,期待归来悼九　泉。

【南音】1=C　4/4　(0·3 2 3 2 5 6 1 5 6 1 3 5 2 3 5) 6 2 | 2 0 3 2 0
　　　　　　　　　　　　　　　　　　　　犹记 镇海

5 6 1 6 5 (2 3 5 6 3 5 5) | 6 5 5 5 6 7 2 7 2 (3 5 2 3 4 5 3 5 5) |
楼 头　　　　凭 栏 曾论剑,

2·5 3 2 7 6 5 (5 5 5 5) 7 7 2 3 (2 3 5 4 3 5) 6 7 | 6·6 7 3 6·
岭 南　　　　十 二 子　　　尤冀 瘠 疾可回

5 5 4 3 5 2 (5 4 3 5 2 5 2) | 【乙反】5 4 5 4 5 7 (7 1 7) 1 4 3
天,　　　　　　　　裙 下　众生

2 (4 2) 2 1 | 4 5 5 0 1 7 1 (5 4 2 4 5 6 5 4 2 4) | 5 4 5 5 4 4 2
　俱是 怀才 俊彦,　　　　　　　　一

1 7 (1 7 1) 4 6 5 4 2 (4 6 5 4 2) | 4 5 4 2 1 4 6 5 4 4 2 1·7 1
时　萃 荟,　　　雅 集南　　园。

0 2 5 4 2 | 1 2 7 1 2 7 1 2 4 2 1 7 6 5 4 5 7 1 7 1 7 7 5 4 5 2 4 |

5 7 5 (1 7 1 4 2 4 1 2 4 5·i 6 5 4 | 5 0 6 i 5 5 0 4 2 2 4 2 1
【白】织云弄巧，双星传恨，从此缄口不言，杯酒之余，抵掌谈天下之事，

97

7650171 | 22421 7145245.) 22 | 545757 42432
不问美人问苍生，云天义薄。（双句）【唱】须知 无 限 江 山，

（42452）72 | 4245（545）27171（54245654）22 |
剩得 南 隅 色未变， 书痴

545（45）4242117 5571（57121）025 ‖【乙反二黄】
投 笔 从 伍， 英雄

2242176 5645 1712432（2571 | 24542）1 545
铠 甲 血尤

0242 17151751 | 242（2417564521 71551 71
鲜。

24542）277 | 4241721 2175（121 75645）155 |
一队队 兵 马逐征 尘， 一阵阵

110521（521521） | 7.22102501 27 255 | 71
金鼓 鸣火线， 雨 潇潇， 沙场 惨渍血，一群群 雁鸟

1.42176 5.（42165645）25 | 7（257124）210
满山 前， 只余 玉 女

7.75（77545）5522 | 20421712421765.（42421
病危， 何能击鼓 山 前

71242176 | 5645）7.712.421175.17124 |
助

1（0421 71242117 5.47124 1757）7211 |
战。 未许我见

2242117 545（45）2712（242）0457 | 20417545
旌 旗 北指， 难望见 解

98

1 7 1 2 4 3 2（2 5 7 1 ｜ 2 4 5 4 2）4 2 4 1（2 4 1）1 6 1 6 5
甲　　　　　　　　　　　　凯

4 5 6 5 1 6 ｜ 5（1 5 7 1 2 4 7 1 6 5 4 5 4 1 2 4 5 6 4 5）｜ 2·1 4 4
　　旋。　　　　　　　　　　　　　　　　　　　拭　向西风

2 7 1 2 6 5　4·5 7 5 1 7　5 0 7 7 ｜ 5·7 1 2 1 7 1 2 4 2 1 1 7
斜　　　阳，泪滴　黄

5·（4 2 4 2 1 7 1 2 4 1 2 1 7 ｜ 5 4 5 6 5）4 4 4 2 1 2 7 1
尘　　　　　　　　　　　　　悲修

2·4 2 1 1 7 5·1 7 1 2 4 ｜ 2·4 1 ‖【乙反减字芙蓉】 $\frac{2}{4}$ 0 2 7 ｜
　　　　　短。　【白】玉乔，玉乔呀！【唱】生命

4 5 2 2 2 2 1 7 ｜ 1 0 6 5 2 1 ｜ 6 5 1 0 1 2 ｜ 3·1 6 5 4 5 6 5（6 5 6 1
弥留应一　　瞥，玉乔呀你为　我　捲珠帘。

5 5 6 5 6 1　5 6 5 6 5 4 ｜ 2 1 4 5 2 4 5·）5 7 ｜ 4 3 2 5 0 1 7 1 ｜
【白】珠江风月。　　　　　　　　　　【唱】遥望　苍苍　云

2（5 1 7 1 2 4 2）5 1 ｜ 4 5 1 6 5　0 5 4 5 1 ｜ 1·4 2 1 7·1·（4 2 1 2 4
山，　　　蒲涧濂　泉　难再见。　【白】白云琴台，我曾

1 1 4 2 1 2 4 1 4 2 1 1 7 ｜ 5 4 5 1 7 2 1）1 6 ｜ 5 5 1 4 5 2 4 ｜
一曲寄风。　　　　　　　　　【唱】今晚　白露洗明

5（4 5 2 4 5 6 4 6 5）5 1 ｜ 5 7 1 0 7 4 ｜ 5·1 6 5 4 5（6 5 6 1
月，　　　　　　　难抱　明月呀　落黄　泉。

5 5 6 5 6 1　5 6 5 6 5 4 ｜ 2 4 1 4 5 2 4 5·）7 2 ｜ 2 1 7 5 0 1 2 4 ｜
【白】蟾华吐彩，送我魂归。　　　　　　　【唱】荔枝　湾头　泛小

4 2（1 2 4 3 2 4 5 4 2）1 2 ｜ 4 5 1 6 5 0 5 7 ｜ 1·4 2 1 7 1·（4 2 1 2 4
舟，　　　　　美景萦　怀　同入殓。【白】岭南胜景，脑海

99

长留。　　　　　　　　　【唱】此后游　魂飘冉　冉，

饰容扶‥‥‥我　启香　奁。【白】只见蛛网尘封，我亦命不久矣！

　　　　　　　　　【唱】此后慈　母妹　你承　欢，

嘘　‥‥寒　和问　暖。　【白】晨昏定省全赖妹你！

　　　　　　　【唱】趁此　回光　返　照，

致嘱　　　万　　　语【乙反二黄】 4/4

千　　　　　　　　　　言。

　　　　　　　　　　　　　　　　　　　【湘东莲】1=G 2/4
　　　　　　　　　　　　　　　　　荒岗冷月　轻烟，

悲哀抱恨　长眠，　　望　似花卉　栽墓　前，香　花安　慰

九　泉。　　　　　　　　　　香　花安　慰　九　泉。

【白】落花坟前不扫，夕阳芳草，一任雨洒梅花，玉乔，你记得呀！

$\underline{1}\underline{1}\underline{7}\underline{\dot{5}}$） | $\underline{5}\underline{5}\underline{4}\underline{2}$ | $\underline{5}\underline{5}$（$\underline{5}\underline{0}$） | $\underline{5}\underline{5}\underline{4}\underline{2}$ | $\underline{1}\underline{1}$（$\underline{1}\underline{0}$） | $\underline{2\cdot\underline{4}}\underline{5\cdot\underline{4}}$ |

【唱】香花吐艳　春天，　　　薰风绕在　坟前，　　　暮　春

$\underline{5}\underline{4}\underline{2}\underline{1}$ | $\underline{4\cdot\underline{2}}\underline{1}\underline{2}\underline{7}$ | $\underline{1}\underline{1}\underline{7}\underline{\dot{5}}$ | （$\underline{7}\underline{1}\underline{2}\underline{4}\underline{1}\underline{\dot{5}}$ | $\underline{7}\underline{1}\underline{2}\underline{4}\underline{1}\underline{\dot{5}}$） | $\underline{4\cdot\underline{2}}$

清　明春光花　鸟　争　妍。　　　　　　　　春　光

$\underline{1}\underline{2}\underline{7}$ | $\underline{1}\underline{1}\underline{7}\underline{\dot{5}}$ | （$\underline{5}\underline{5}\underline{4}\underline{2}$ | $\underline{5}\underline{5}\underline{5}\underline{0}$ | $\underline{5}\underline{5}\underline{4}\underline{2}$ | $\underline{1}\underline{1}\underline{1}\underline{0}$ | $\underline{2\cdot\underline{4}}$

花　鸟争　妍。　　　　【白】清明祭扫，你只须一张琴，一壶酒，还添

$\underline{5}\underline{4}$ | $\underline{5}\underline{4}\underline{2}\underline{1}$ | $\underline{4\cdot\underline{2}}\underline{1}\underline{2}\underline{7}$ | $\underline{1}\underline{1}\underline{7}\underline{\dot{5}}$ | $\underline{7}\underline{1}\underline{2}\underline{4}\underline{1}\underline{\dot{5}}$ | $\underline{7}\underline{1}\underline{2}\underline{4}\underline{1}\underline{\dot{5}}$ |

一溪云。泉台不觉冷静，停鞭驻马凭吊有人。

（稍快）

$\underline{4}\underline{4}\underline{2}\underline{1}\underline{7}$ | $\underline{1}\underline{1}\underline{7}\underline{\dot{5}}$） | $\underline{5}\underline{5}\underline{4}\underline{2}$ | $\underline{5}\underline{5}$（$\underline{5}\underline{0}$） | $\underline{5}\underline{5}\underline{4}\underline{2}$ | $\underline{1}\underline{1}$（$\underline{1}\underline{0}$） |

【唱】一瞻藕榭　水天，　　　珠江再会　无缘，

$\underline{2}\underline{2}\underline{4}\underline{5}\underline{5}$ | $\underline{5}\underline{2}\underline{1}$ | $\underline{4\cdot\underline{2}}\underline{1}\underline{7}$ | $\underline{1}\underline{1}\underline{7}\underline{\dot{5}}$ | （$\underline{7}\underline{1}\underline{2}\underline{4}\underline{1}\underline{\dot{5}}$ | $\underline{7}\underline{1}\underline{2}\underline{4}$

月落　西山　星　沉，昏　花只见　天　　旋。

$\underline{1}\underline{\dot{5}}$） | （原速）$\underline{4\cdot\underline{2}}\underline{1}\underline{7}$ | $\underline{1}\underline{1}\underline{7}\underline{\dot{5}}$ | （$\underline{5}\underline{5}\underline{4}\underline{2}$ | $\underline{5}\underline{5}\underline{5}\underline{0}$ | $\underline{5}\underline{5}\underline{4}\underline{2}$

昏　花只见　天　　旋。　【白】人届断魂之时，遗言和泪

$\underline{1}\underline{1}\underline{1}\underline{0}$ | $\underline{2\cdot\underline{4}}\underline{5\cdot\underline{4}}$ | $\underline{5}\underline{2}\underline{1}$ | $\underline{4\cdot\underline{2}}\underline{1}\underline{7}$ | $\underline{1}\underline{1}\underline{7}\underline{\dot{5}}$ | $\underline{7}\underline{1}\underline{2}\underline{4}\underline{1}\underline{\dot{5}}$ |

书红笺，香作飞尘玉作烟，轻寒微月映愁天，梅花本是江南岸，一叠关山倍可怜。

$\underline{7}\underline{1}\underline{2}\underline{4}\underline{1}\underline{\dot{5}}$ | $\underline{4\cdot\underline{2}}\underline{1}\underline{2}\underline{7}$ | $\underline{1}\underline{1}\underline{7}\underline{\dot{5}}$ | $\underline{5}\underline{5}\underline{4}\underline{2}\underline{4}$ | $\underline{5}\underline{5}\underline{5}\underline{0}$ | $\underline{5}\underline{5}\underline{4}\underline{2}$ |

二乔绝笔，二乔绝笔。唉！

$\underline{1}\underline{1}\underline{1}\underline{0}$） ‖ 廿 $\dot{5}-5-$（$\underline{\dot{5}}-$） $5-5-$（$\underline{\dot{5}}-$） $6-\underline{6}\underline{5}\underline{6}\underline{6}\underline{5}\underline{5}$ ——

【唱】羊　城，　　珠江，　　白　　云。

101

情寄桃花扇

秦中英　撰曲
苏春梅　　唱

【引子】1=G サ（5· i̇ 6 5 4 2 － 5 －）【反线中板板面】 $\frac{2}{4}$ （0 2̇ 7

6 5 6 i̇ ｜ 5· 6 1 3 5· i̇ ｜ 6 5 3 5 6 i̇ 5 6 1 3 5 6 i̇ ｜ 5 5 5 6 4 3 4 5

3 5 3 2 1 7 6 1 ｜ 3 6 5 3 5 1 2 3 5 3 2 7 2 ｜ 6· 7 6 1 2 3 1 ）‖

【白】空楼寂寂含愁坐，长日恹恹带病眠。侯郎，你可知香君苦呀！

【反线中板】0 1 7 6 1 2 3（1 7 ｜ 6 1 2 3）3 6 1 2 3 4 5 ｜ 4 3（2 3 2 7
　　　　　【唱】绛腊成　灰　　　　心未　　　　灰，

6 1 2 3 4 5 ｜ 3）5 3 2 1 6 1 2 ｜ 6 6 5 6 4 3 2 2 6 5 ｜ 3 6 i̇ 6 5 4 3
　　紫燕　重　来　君不　来，何堪见　媚香

2 3 5 3 2 2 7 6 1 ｜ 2 3 3 2 6 4 4 i̇ 6 5 ｜ 3 5（3 3 i̇ i̇ 4 4 i̇ 6 5 ｜
楼　　　前，又是桃花吐　艳。

3 5）3 7 6· 5 3 2 1 7 ｜ 6（7 2 6 7 6）5 3 5 ｜ 5 3 5 0 4 3 2 1（5 6 5 4 3 2
当日定　　情　　　　诗，

1）2 3 2 7 6 ｜ 5 5 1 2 3 5 2 3 6 1 ｜ i̇ i̇ 6 i̇ 6 5 4·（5 6 i̇ 6 5 ｜
写　在 宫纱　扇，谢君怜 飘　　泊，

4）3 2 3 7 3 5 3 2 7 ｜ 6· 7 6 1 2 3 1（7 6 1 2 3 ｜ 1）1 3 i̇ 6 i̇ 5（1 3
喜我得良　　　缘。　　　　谁料北　国

i̇ 6 i̇）1 6 1 2 3 5 6 i̇ 6 5 4 3 ｜ 2（1 6 1 2 3 5 6 i̇ 6 5 4 3 ｜ 2 4 3 2）
沦　　　沉，

1 1 i̇ ｜ 6 5 3 5 6· 1 1 3 ｜ 5 6 3 6 4 3 2 3 5 ｜ i̇ i̇ 3 2 7 6·（3 i̇ 3 2 7
南 都 草　创，福 王无道 马阮弄　权，并翅 鸳　鸯

6) 6̲5̲6̲6̲ 2̲3̲1̲3̲ 5̲6̲1̲̇ | 5· 1̲̇6̲5̲ 3̲2̲7̲ | 7· 7̲2̲7̲ 6̲3̲2̲ 3̲2̲7̲ |

迫作分飞劳　　燕。　　个阵泪　满莫愁

6 (3̲2̲7̲2̲ 6̲7̲6̲) | 5̲5̲6̲1̲ 1̲2̲3̲ | 1̲2̲ (1̲2̲3̲5̲ 2̲3̲1̲2̲) | 6̲6̲5̲1̲3̲ |

湖，　　　魂销桃叶　渡，　　　　君嘱我毋负

1̲̇1̲̇6̲5̲3̲ | 5· 5̲5̲3̲ 3· 5̲3̲5̲6̲1̲̇ | 5̲5̲3̲3̲6̲ 6̲5̲6̲5̲3̲2̲ |

三生　　约，我发誓为、　　发誓为君守百

1̲6̲1̲ (5̲3̲3̲6̲ 6̲5̲6̲5̲3̲2̲) ‖【秋江别中段】4/4 1· 2̲ 3̲2̲3̲5̲

年。　　　　　　　　　　　那　得

2 (0̲3̲2̲) | 1· 2̲3̲2̲3̲5̲ ³2̲0̲2̲5̲ | 6· 1̲̇2̲̇1̲̇6̲1̲̇ | 5 (6̲5̲6̲1̲̇

知，　　满清　兵，千乘　万　骑迫向阵　前，

5̲6̲1̲̇ 5̲) | 3̲3̲0̲5̲ 1̇· 2̲̇7̲6̲ | 5 (6̲5̲6̲1̲̇ 5̲6̲1̲̇ 5̲1̲7̲) | 6̲6̲0̲1̲̇6̲5̲ |

临头　急风　雨，　　　江山　一线

4̲3̲ | 2 (2̲3̲2̲1̲ 6̲1̲2̲6̲5̲) | 3̲3̲0̲5̲ 1̲̇6̲5̲6̲1̲̇ | 5 (6̲5̲6̲1̲̇ 5̲6̲1̲̇

悬，　　　　　朝廷　诸显　贵，

5̲1̲7̲) | 6̲6̲0̲1̲̇6̲5̲4̲3̲ | 2̲1̲2̲3̲5̲ 5̲3̲ | 2̲3̲5̲3̲5̲3̲3̲2̲ | 1· (3̲

只晓　深处　画堂排盛宴，搜集　名　花尽把春光　占。

2̲1̲2̲3̲1̲2̲3̲1̲3̲5̲) | 1̇· 7̲6̲· 1̲̇1̲̇6̲5̲ | 3 (3̲7̲6̲5̲) 3̲2̲3̲5̲ | (6̲· 7̲)

香君　不幸，　秦淮艳帜

2̲̇3̲7̲6̲ | 5 - ‖【乙反二黄】1=C 4/4 (0̲7̲5̲7̲1̲2̲4̲2̲) | 2· 4̲2̲1̲

早将远近　传。　　　　　　　　　　倚

7̲1̲4̲2̲1̲1̲2̲4̲5̲2̲ 2̲7̲1̲ | 4̲2̲0̲4̲2̲1̲ 7̲1̲5̲0̲1̲7̲1̲ 4̲2̲ (2̲4̲2̲1̲

仗　他宰相　之　尊,欺负我　烟　　　　花

7̲1̲5̲0̲1̲7̲1̲ | 2̲5̲4̲3̲2̲) 7̲1̲1̲2̲4̲5̲2̲0̲4̲2̲1̲1̲7̲5̲4̲2̲4̲2̲1̲

命

103

<u>7</u>1（<u>1</u> <u>5</u> <u>7</u> <u>1</u> <u>2</u> <u>0</u> <u>4</u> <u>2</u> <u>1</u> <u>1</u> <u>7</u> <u>5</u> <u>4</u> <u>2</u> <u>1</u> <u>7</u> <u>1</u> <u>7</u> <u>1</u>）| <u>1</u> <u>4</u> <u>0</u> <u>4</u> <u>2</u> <u>4</u> <u>1</u>（<u>4</u> <u>3</u> <u>2</u> <u>4</u>

贱。　　　　　　　　　　　　　　　　一时　　间，

<u>1</u> <u>2</u> <u>1</u>）| <u>2</u> <u>2</u> <u>2</u> <u>1</u> <u>7</u> <u>1</u> <u>4</u> <u>1</u> <u>1</u> <u>2</u> <u>4</u> <u>2</u>·<u>1</u> | <u>1</u>·<u>2</u> <u>1</u> <u>7</u> <u>5</u> <u>7</u> <u>1</u> <u>2</u> <u>4</u> <u>5</u> <u>5</u> <u>7</u> <u>1</u> <u>2</u>

临　门鹰 犬呼喝　声喧，眼　见　着晴　天风云

<u>7</u>（<u>0</u> <u>4</u> <u>2</u> <u>1</u>）| <u>7</u>·<u>2</u> <u>1</u> <u>7</u> <u>5</u> <u>4</u> <u>5</u> <u>4</u> <u>7</u> <u>1</u> <u>2</u> <u>4</u> <u>2</u>（<u>2</u> <u>5</u> <u>7</u> <u>1</u> | <u>2</u> <u>5</u> <u>4</u> <u>3</u> <u>2</u>）<u>2</u>

变，　　　恨　　海　　　　　　　　　　　　永

【反线】1=G　<u>3</u> <u>0</u> <u>5</u> <u>6</u> <u>i</u> <u>5</u> <u>0</u> <u>i</u> <u>6</u> <u>5</u> <u>3</u> <u>2</u> | <u>1</u>·<u>1</u> <u>1</u> <u>0</u> <u>5</u> <u>3</u> <u>2</u> <u>1</u>·<u>6</u> <u>1</u> <u>2</u>

难　　　　　　　　　填。

<u>3</u> <u>5</u> <u>6</u> <u>i</u> <u>6</u> <u>5</u> <u>3</u> <u>5</u> | <u>2</u> <u>3</u> <u>4</u> <u>3</u> <u>2</u> <u>1</u>·<u>2</u> <u>3</u> <u>2</u> <u>3</u> <u>5</u> <u>2</u> <u>3</u> <u>2</u> <u>1</u> <u>6</u> <u>1</u> <u>2</u>（<u>2</u> <u>1</u> <u>2</u> <u>3</u> |

<u>5</u> <u>6</u> <u>i</u> <u>6</u> <u>5</u> <u>3</u> <u>5</u> <u>2</u> <u>3</u> <u>5</u> <u>5</u> <u>6</u> <u>i</u> <u>6</u> <u>5</u> <u>3</u> <u>5</u> <u>2</u> <u>3</u> <u>1</u> <u>2</u>）| <u>i</u> <u>6</u> <u>5</u> <u>3</u> <u>0</u> <u>i</u> <u>7</u> <u>6</u> <u>5</u> <u>·</u> <u>3</u>

　　　　　　　　　　　　　　　　　只　恨　宫纱　扇，

<u>5</u>·<u>6</u> <u>7</u> <u>6</u> <u>7</u> <u>2</u> | <u>6</u> <u>6</u> <u>i</u> <u>3</u> <u>5</u> <u>6</u> <u>2</u> <u>7</u> <u>6</u> <u>5</u> <u>6</u> <u>6</u> <u>3</u> <u>6</u> <u>6</u> | <u>2</u>·<u>3</u> <u>1</u> <u>i</u>·<u>7</u> <u>6</u> <u>5</u> <u>3</u>

　　　　　　　　做不得 防　身

<u>5</u>（<u>i</u> <u>7</u>）<u>6</u>·<u>i</u> <u>6</u> <u>5</u> | <u>3</u> <u>5</u> <u>3</u> <u>0</u> <u>6</u> <u>4</u> <u>3</u> <u>2</u> <u>3</u> <u>2</u> <u>0</u> <u>1</u> <u>2</u> <u>3</u> | <u>5</u> <u>3</u> <u>5</u>·（<u>6</u>）<u>7</u> <u>6</u> <u>7</u> <u>2</u> <u>7</u>

剑，

<u>6</u>·<u>7</u> <u>6</u> <u>i</u> <u>6</u> <u>5</u> <u>3</u> <u>5</u> <u>3</u> <u>5</u> <u>6</u> <u>2</u> <u>7</u> <u>6</u> | <u>5</u> <u>6</u> <u>i</u> <u>5</u>（<u>0</u> <u>i</u> <u>6</u> <u>5</u> <u>3</u> <u>5</u> <u>2</u> <u>3</u> <u>1</u> <u>2</u> <u>1</u> <u>2</u> <u>3</u>

<u>5</u> <u>3</u> <u>5</u> <u>3</u> <u>5</u> <u>6</u> | <u>7</u> <u>6</u> <u>7</u> <u>2</u> <u>7</u> <u>6</u>·<u>7</u> <u>6</u> <u>i</u> <u>6</u> <u>5</u> <u>3</u> <u>5</u> <u>3</u> <u>5</u> <u>6</u> <u>2</u> <u>7</u> <u>6</u> <u>5</u> <u>6</u> <u>i</u> <u>5</u>）|

<u>2</u> <u>2</u> <u>1</u> <u>2</u> <u>3</u> <u>5</u> <u>3</u> <u>2</u> <u>0</u> <u>5</u> <u>2</u> <u>1</u> <u>5</u> <u>2</u> <u>0</u> <u>5</u> <u>3</u> <u>2</u> <u>6</u> <u>1</u> <u>5</u> <u>5</u> | <u>1</u>·<u>5</u> <u>4</u> <u>2</u> <u>4</u> <u>5</u> <u>6</u> <u>6</u>

凄惨　　　声，传不到 凌宵　　殿，只好　横　心切　齿闯死

<u>2</u> <u>0</u> <u>3</u> <u>4</u> <u>3</u> <u>2</u>（<u>2</u> <u>3</u> <u>2</u>）| <u>6</u> <u>3</u> <u>5</u> <u>6</u> <u>3</u> <u>i</u> <u>7</u> <u>6</u>·<u>6</u> <u>5</u> <u>5</u> <u>2</u> <u>6</u> <u>5</u> <u>3</u> <u>5</u>（<u>5</u> <u>6</u> <u>5</u>）|

楼　　前。　　保住了清白身，　毁碎了如花　面，

<u>2</u> <u>0</u> <u>5</u> <u>3</u> <u>2</u> <u>1</u> <u>2</u> <u>2</u>·<u>3</u> <u>5</u>（<u>5</u> <u>6</u> <u>5</u>）<u>5</u> <u>6</u> <u>6</u> | <u>5</u>·<u>4</u> <u>3</u> <u>2</u> <u>5</u> <u>3</u> <u>2</u>·<u>3</u> <u>2</u> <u>3</u> <u>2</u> <u>7</u>

可　痛点点鲜　红　溅落在 手　　中

104

6(5 1 3 5 | 6 7 6)5·1 6 1 2·7 6 1 2 3 7 6 5 | 1·3 2 1 2 3 1 1
团　　　　　　　　　　　　　　　　　　　　扇。亲点染轻点染，

1(5)3 2 | 1·2 3 2 3 5 3 2 (3 5) 2 3 2 7 | 6 5 6 1 3 2 (2)7 2 7 6
丹青　细　绘姿彩稍　添，　　一幅　白凌　绢，

5 1 | 3 5 ∨ 6 - - ‖【新曲】1=C 4/4 3·6 5 3 2 7 3·2 | 7·3
桃花　　现。

2 3 2 7 6·2 7 | 6·2 7 2 3·7 6·7 6 5 3 6 5 | 3·2 7 6 5 3
6 0 3 2 1) | 6 2 3 1 2 1 7 6·(7 6 2 1 7) | 6 5 3 5 2 4
叶芬芳草　　嫩，　　　花借美人

3·(2 3 3 2 3 5) | 1 6 1 6 5 3·5 6 1 6 5 6 1 | 5 5 0 1
妍，　　花　妍叶　丽，我更心

3 2 3 5 7 6 | 6·1 6 3 5 4 5 3 | 1 2 3 6 3 2 1 2 0 5 3 3 | 1 6 5
酸。人　似桃花娇，　命比桃花　贱，我是茫

3 7 2 6 7 2 | 3 2 3 2 7 6 5 3 6 (0 3 5 6 | 7 7 7 5 6 7 2 2 0 3 1 7 |
茫劫　海一　只断蓬船，

6 0 6 7 1)3 2 7 6 | 5 3 5 2·3 6 5 6 1 | 5·(6 5 6)7 7 7 3
心　上侯郎人在天边　远，　又是大江

2 3 2 7 | 6 2 1 2 3 (4 3)2 7 5 4 3 | 3 2 (2 3)7 6 1 7 1 2 1 7 |
南北　遍地烽　烟，　纵是血写

5 1 7 1 4 2 4 7 0 1 | 2 1 2 4 1 (2 4)5 5 | 5 4 5 6 1 6 5 0 6 1 |
桃花千万　点，　香君　惨痛

5·6 5 4 2 4 0 2 4 | 2·4 2 1 7 1 2 (1 7 1 2) | 4·3 2 2 1 7
　　　　　　　　　香　君惨

1·6 | 2 6 5 4 3 2 4 5 (0 1 7 | 6 1 6 5 4 5 2 4 5 6 5)‖
痛又　怎为郎　传。

105

【乙反南音合字过门】 $0\overbrace{211}\ \overbrace{7165}\ \overbrace{21716}$ | $\overbrace{545}\ 5\cdot\overbrace{654}$

苏师父为 郎 境况着意 垂 怜,不 惜千里

$\overbrace{4421}\ \overbrace{2124}$ | $5\cdot(\overbrace{i})\ \overbrace{6\cdot56i}\ \overbrace{51245}$ ‖【乙反南音】10421

远 行冒万 险, 亲 替香君送情 笺。 眼

$\overbrace{711}\ \overbrace{432}\ (\overbrace{542456}\ \overbrace{5424})$ | $\overbrace{2175}\ \overbrace{5451}\ \overbrace{7571}\ (54$

望 雪花 飞, 心 如麻 絮乱,

$\overbrace{24565})417$ | $2\cdot\overbrace{4217}\ \overbrace{6545}\ \overbrace{71571}(\overbrace{542456}5)\overbrace{422}$ |

翻滚着 千 言 万 语, 写不出

$\overbrace{171}\ \overbrace{26545}\ \overbrace{24}$ | $5\cdot\overbrace{716}\ \overbrace{16546}\ \overbrace{5424}$ | $5-$ ‖【胡笳十八拍】

半 语一 言。

$(125-06\underset{.}{5})$ $\frac{4}{4}$ $42\ 42\ \overbrace{45}\ 55\underset{.}{5}\ \underset{.}{5}$ | $42\ 42\ \overbrace{45}\ 55\underset{.}{5}\ \underset{.}{5}$ | $5\underset{.}{5}\underset{.}{5}\underset{.}{7}$ |

世上贵莫贵于情长存,世上痛莫痛于情难圆,从来贤淑

$\underset{.}{1}\ 1\ \overbrace{21}\ 7\ 6\underset{.}{6}\ (06\underset{.}{5})$ | $4\overbrace{544}\ \overbrace{245}\ (017)$ | $656\overbrace{1}\ 564\ \overset{6}{\smallfrown}5$ |

眷,决不会有别念, 我心 共 你心 生生死死一 线 牵。

$(06\underset{.}{5}$ | $40\ 56\ \overbrace{65}\ \overbrace{565}$ | $40\ 56\ 65\ 5\underset{.}{1}65$ | $42\ \overbrace{54}\ \overbrace{245}$ |

$20\ \overbrace{545}$ | $23120\ 323\ 12\cdot)6$ | $55\ 55\ \overbrace{564}\ 0\cdot6$ | 55 |

忆 当年花前初相见, 痴 心儿

$55\ 56\ 40\cdot6$ | $54\ 55\ \overbrace{564}\ 0\cdot6$ | $54\ 54\ 542\ (06\underset{.}{5})$ | 42 |

早曾将君献, 开 妆阁摆上交杯宴, 鸳 衾里亲订三生愿, 发誓

$42\ 45\ 2\cdot(\overbrace{5454})$ | $24\ \overbrace{2217}\cdot\overbrace{211}$ | $7\cdot\overbrace{211}\ 224\ \overbrace{575}$ |

富 贵不羡。 任他天 会 变, 地 会变,香君 侯 郎

$05\ \overbrace{71\cdot6}\ \overbrace{565}\ 05\underset{.}{7}$ | $\underset{.}{1}\cdot\overbrace{612}\ \overbrace{76}\ 06\underset{.}{5}$ | $45\ \overbrace{42}45\ \overbrace{6561}$ |

情莫变,任强 徒 能用 百 样恶手 段,可表 我心铁石 坚,扇上血迹

$\overbrace{2}^{}\overbrace{4}^{}$ $\overbrace{\overset{6}{\underset{\cdot}{5}}}^{}$ ‖【乙反滚花】（$2\underset{\cdot}{4}\underset{\cdot}{5}71-$）$2115-42-2-$

尤　鲜。　　　　　　　封寄这桃　花　宫

$175·\underset{\cdot}{7}\underset{\cdot}{5}712-\underset{\cdot}{7}-$（$12\underset{\cdot}{5}1\underset{\cdot}{7}-$）$\underset{\cdot}{5}7142-$（$\underset{\cdot}{5}7142-$）

扇，　　　　　　唯望老师

$211-\overbrace{6165}^{}44-1·\overbrace{21243232}^{}-$（$\underset{\cdot}{5}\underset{\cdot}{5}12\overbrace{4322}^{}-$）$17$

亲送我　　　　郎前。　　　　　　　　　　说道

$1715\overbrace{2121}^{}\overbrace{2112}^{}\overbrace{1654}^{}-455-$（$1421745-$）$774$

扇上这桃　花，　　　　　　　　　　　尽是香

$42-11-\overbrace{2\overset{6}{\underset{\cdot}{5}}}^{}-42\overbrace{2172}^{}-2-2-2-1-$【乙反快二流】1=C $\frac{1}{4}$

君　血染。呀！

（0｜25｜42｜17｜54｜57｜17｜571｜02｜11｜02｜

$\overbrace{11}^{}$）｜1｜1｜7｜5｜12｜43｜$\overbrace{2}^{}2$｜（24｜21｜71｜2｜

这　这　血　　　　　写

$0\underset{\cdot}{7}$｜12）｜$\underset{\cdot}{5}$｜43｜2｜2｜2｜17｜5｜5｜57｜12｜$\overbrace{7}^{}7$｜

桃　花　　　　　　　　　　　　扇，

（25｜42｜17｜52｜$7·1$｜77｜01｜77）｜22｜1｜2｜

　　　　　　　　　　　　　　抵得　上苏

$\overbrace{65}^{}$｜4｜5｜2｜1｜02｜43｜2｜2｜（12｜17｜5｜01｜25｜

惠　　回文诗百　　　篇。

12｜04｜22｜04｜22）｜1｜1｜1｜1｜02｜35｜2｜2｜

　　　　　　　　　这　这　这

（23｜21｜61｜2）｜01｜57｜4｜32｜1｜$\overbrace{1}^{}$｜1｜7｜$\overbrace{7}^{}$｜7｜

这　无字　花　笺　呀，

6 | 5 | 6 6 | (65 62 | 12 17 | 6·7 | 66 | 0·7 | 66) | 02 |
　　　　　　　　　　　　　　　　　　　　　　　　　　　　　　　　　　抵

31 7 | 6 | 5 | 4 4 4 | 4 7 | 3 | 3 | 0 35 | 23 | 1 2 | 2 |
得　上　世　上　情　书　千　　万　卷。

1 | 5 | 27 | 75 | 21 | 7 | 01 | 22 | 26 | 5 | 01 | 71 | 2 |
再　抽　身　跪　在　尘　埃　上，向　师　父　叮　咛　再　万　千，

4 4 | 3 | 2 2 | 1 | 7 | 0 | 7 | 0 | 7 6 | 5 | 6 6 | (07 |
师　父　　呀　　呀　　呀，

67 | 67 | 67 | 6) 1 | 71 | 4 | 4 | 26 | 5 | 02 | 15 | 11 |
　　　你　莫　畏　险　阻　艰　　难，把　扇　儿　带　到

4·5 | 5 | 04 | 71 | 2 | 02 | 12 | 7 | 1 1 | (5 5 | 4 4 |
侯　郎　　当　面。

24 | 21 | 71 | 24 | 12 | 17 | 57 | 1 | 04 | 24 | 17 | 1 |

04 | 24 | 17 | 1) | 1 1 | 71 | 24 | 1 1 | 01 | 17 | 77 |
　　　你　说　道，　　　　　你　说　道　树　上

54 | 4 | 4 | 2 | 17 | 57 | 5 | 07 | 12 | 7 7 7 | (5 |
桃　花　因　风　会　零　　　　落，

42 | 45 | 24 | 21 | 71 | 76 | 5 | 2 | 57 | 12 | 7 | 17 |

57 | 12 | 7) ‖【滚花】1 - 7 - 5 3 232 - 4 4 4 - 6 - 1 - 2
　　　　　　　　　　树　上　桃　花　　永　远　血　红

4 - 24 5 6 - 2 - 6 5 - 3 - 23217 0 11243 - 32 - (6 -
鲜。

2542162 - 16·21 24 - 5 -)

刁斗江风醉柳营

沈瑞和　撰曲
李敏华　唱

【倒板】 1=C ＃ （5̣ 2 4 3̣2̣1̣7̣ 6̣ 3̣ 5̣ -） 4 3 - 2̂3̂2̂7̂6̣ 1 -（4 -
　　　　　　　　　　　　　　　　　　江风　　　暖，

3 - 2 - 1 -） 6̂6 - 5̇ · 6 4 5 3 2 -（2 -） 6 1̇ 3̂5̂3 （6 1̇ 3̂5̂3）
　　　水波　　　蓝，　　　月照朦　胧

7̂7 - 7̂6̂ ᵗ5 - 3̇ · 5 3̇ · 5 7 6 5 3 5 2 3̇ · 5 5 ᵗ6 -（0 2 3 5
巨舰。

6 - 0 3 2 3 5 - 0 1 2 3 4 - 0 7̣ 1 2 3 - 1 7̣ 1 3 2 - 5 5 4 6 5 3

2̇ · 2 2 2 6 2 1 3 2 7̂ 6̂ -） 【寒关月】 1=G 4/4 （0 4 3 5 2 6 5 3 5 |

2 1̇ 6 5 3 5 2 3 2 3 7̣ 6̣ 5̣ 6̣1̣ 5̣1̣ 5̣6̣ 5̣6̣1̣ | 2̇ · 6 5 3 5 6 1̇ 6 5 3 5 |

2̣ 5̣1̣ 2 3 5 2） 3 5 | 2̂ 1 2 3 6 5 （6̂5） 3 0 5 3 2 1̇ ·（7̣） | 6̇ · 1̇ 6 5 3
　　　　　　　踏遍长　江　千　里，　惊

2 1 2 5 5 ·（6̂ 1̇ 5 6 5） | 6̇ · 1̇ 6 5 3̇ · 5 3 （0 1̇ 6 5 3） 5 2̂ 1 2 5 |
涛　凭赤胆，　　　披　坚执　锐　　　　金营　擒鞑

5 （6̂ 5 6̂ 1̇ 5 6 5 · 3） 2̇ · 3 5 0 4 3 2 | 1 2 3 1 （0 1̇ 7̂ 6 6 5 3 5 3 5 6 5 6 1̇ |
虏，　　　驰骋纵　横。

5 4 3 0 4 3 2 1 5 5 4 3 2 1 6 1̇ 6 5 ） | 3̇ · 5 3 2 1 6 1 6 5 6 5 3
　　　　　　　　　　　　　从　来　巾

5 · 6̇ | 5̇ · 6̂ 1̇ 6̂ 1̇ 6̂ 1̇ 6 5 4 3 2 （2 3 2 1 6 1 2 ·） 5 | 5̂ 6̂ 1̇ 6̂ 5 6 5 4 3
帼不　逊　　　　　儿男，　　　燕　子　矶

2 (6 5 3 5) 2 1 2 | 0. 5 5 6 i 6 i 6 5 3 5 3 5 6 i ‖

头，　　　　　凭栏　对月　抒　浩

5 【食住叹字转反线二黄】6 i 1 6 1 6. i 6 5 3 (2 6 1 2) | 5 6 4

叹　　　　长　江，　　　　　波

3 (3 4 3 2) 7 3 2 2 1 6 | 1 2 3 2 1 6 5 6 1 5 6 1 2 3 5 3 (2 3 1 2 |

翻　　浪涌，洗不尽 两　　　　岸

3 4 5 3) 5 6 5 6 5 6 i 5 (3 5) i 6 5 3 | i i 0 2 3 7 6 5 5 0 5 3 |

血斑　　　斑。

2 2 3 1. 2 3 2 3 5 2 3 2 7 6 1 2 (6 5) | 3 5 0 3 2 7 6 7 6 (0 3 2 7) |

　　　　　　　　　梁红　玉，

【序】6 6 7 6 5 6 i 5 i 3 5 6 7 6 5 i | 【曲】5 i 6 5 3 (i 6 5

立誓 逐胡 马 还我神 州，强将　国　运

3) 5 6 5 4 3 2. i 6. i 6 i 6 5 | 4 3 4 5 3 0 5 6 5 5 3 2. 3 1

掩家　　仇，

4. 5 6 5 4 | 5 6 5 5 【序】0 6 5 3. 5 6 2 6 4 3 | 5 (6 5 3 5)

只是为 国家 横戈杀鞑 虏，

2 6. 5 3 5 i 7 6 5 | 【曲】5 0 4 3 2 1 2 1 5 5 3 2 1 3 | 3 2 0 1 6 5

原非 保赵 构。刁　斗 振云宵，抗金 英

3. 5 1 7 6 5 (6 i 6 5 3 5 6 i 7 6 | 5 6 3 5) 2 5 i 6 5 3 5 2 1 2. 3

雄　　　　豪气

4 3 4 5 3 2 3 | 1 ‖ 【秋江别中段】 4/4 (0 i 6 5) | 3. 5 6 5 6 i

猛。　　　　　　　　　为 了家　邦

110

5·(6 5 6 5) | 6·i 6 5 3 2 (3 2 1 6 1) 5 2 | 3·5 i 2 7 6 5·(6
计，　　　　挥 刀 斩 楼 兰，　　　　去 迎 二 圣 把 都 还，

5 6 5) | 6·i 6 5 3·3 2 1 2 3 5·3 | 2 3 5 0 4 3 2 1·(2 1 2 1) ‖
挥 师 北 伐，让 遗 民 父 老　尽 展 笑 颜。

【正线二黄】 1=C 4/4　2·5 6 1 0 6 5 3 5 2（2 3 1 5 2 3 1 5 2）|
征 骑 踏 遍 贺 兰 山，

1·2 5 3 2 0 5 6 2 3 1（5 1 2 3 1 2 3 1）| 3 2 3 2 3 5 3 2 2
战 鼓 频 敲 寒 敌 胆，　　　　一 通 鼓

1 5 1（2 3 1 5 1）2 2 1 | 1 1 6 5 3 5 6 5 3 5（3 5 6 1 5 6 3 5）6 2 |
振 奋 九 千 勇 武 儿 男，　　　二 通

2 0 3 2 7 6 1 6 2·3 5（2 3 5 3 5 0 7 6 1）| 5·3 3 2 2 6 0 1 2 6
鼓 罢 八 阵 图 成，　　　刀 枪 映 日

1（6 1 2 3 1 2 5 6 1）| 5 6 i 6 5 5 3 2（0 3 2 7）6 7 1 7 2（6 7
灿，　　　三 通 连 击，

2 3 2）2 2 | 2 2 7 6 1 7 6 5（6 1 7 6 5 6 3 5）5 6 | 6 6 5 3·3 6 6
七 星 北 斗 助 我 战 敌 顽，　四 通 鼓 响 六 路 水 军

2 6 0 7 6 5 3 1 1 | 3 0 5 6 1 5 3 5 7 6 7 2（6 7 2 3 2）1 6 5 | 2·3
齐 解 缆，五 次 重 捶 战 鼓，五 岳 摇

5 3 5 6 7 6 5 1·(7 6 2 3 5 | 6 7 6 5 1）3 2 7 6·7 6·(7 6）3 5 3 2
动 风 啸 云

1 2 7 6 5 6 1 | ₂ ‖ 【散板】 1·2 2 5 5 1 1 2 3 ₂-（6-5-
翻。 吓 得 金 奴 人 仰 马 翻。

111

$\underline{4}-\underline{6}\ \underline{5\,6}\,\underline{5\,4}\ \underline{3\,4}\,\underline{3\,2}\ \underline{3\,4}\,\underline{3\,2}\ \underline{1\,2}\,\underline{7\,\dot6}\ 5-5\ 0\,\underline{6}\ \underline{5\,6}\,\underline{4\,3}\ \underline{2\,1}-$)

【反线中板】1=G $\frac{2}{4}$ （$\underline{3\,5}\ \underline{6\,\dot1}\,\underline{5}\ |\ 5\cdot\underline{6}\ \underline{5\,6}\,\underline{4}\ |\ \underline{3\,2}\,\underline{3\,1}$ ）| $0\,\underline{1}\,\underline{1\,2}$

我本

$\underline{5\,3}\,\underline{2\,1}\,\underline{2}\ |\ (\underline{5\,3}\,\underline{2\,2})\ \underline{6\,1}\,\underline{6\,5}\,\underline{3}\ |\ 5\ (\underline{\dot1\,7}\,\underline{6\,\dot1}\ \underline{6\,5}\,\underline{3\,5}\,\underline{3}\ |\ 5)\ \underline{3\,5}\,\underline{3\,5}\,\underline{3}$

生 长 宦   门,   自幼练武读

$\underline{\dot1\,7\,6}\ (\underline{3\,5}\,\underline{6\,7}\,\underline{6})\ \underline{3}\ |\ \underline{2\,3}\,\underline{1\,0}\,\underline{5\,3}\ \underline{7\,6}\ (\underline{2\,1}\,\underline{3\,5}\ |\ 6\cdot)\ \underline{6}\ \underline{3\,6}\,\underline{5\,1}\,\underline{6\,5}$

兵 书,   家父 梁   兴   惨被奸 臣所

$\underline{3\,5}\,\underline{0\,\dot1}\,\underline{6\,5\,3}\ (\underline{5\,2}\,\underline{6\,1\,2}\ |\ 3\cdot)\,\underline{3}\ \underline{3\,5}\,\underline{1\,2\,6}\ |\ 5\cdot(\underline{6\,5\,3\,5})\,\underline{3}\cdot\underline{5}\,\underline{3\,2\,7}$

陷。   家财   抄

$\underline{6\,1}\,\underline{6\,1}\,\underline{2\,3\,1}\ (\underline{5\,6\,1\,2\,3}\ |\ \underline{1\,6\,7\,1\,2})\,3\cdot\underline{2}\,\underline{2\,7}\ |\ 0\,\underline{2\,2}\,\underline{2\,3}\,\underline{2\,7}\,\underline{6\,5}$

尽,   丁 壮杀绝   妇女送娼   门

$\underline{1\,1}\,\underline{0\,2}\,\underline{3\,5}\ 2$ 【乙反二黄】1=C $0\,\underline{1\,7\,4}\ \frac{4}{4}\ \|\ \underline{4\,7\,4\,2}\,\underline{1\,7\,6}\ \underline{5\,4\,5}$

受辱,   我被逼   披

$\underline{1\,7\,1\,2\,4\,5}\ 2\ (\underline{2\,5\,7\,1}\ |\ \underline{2\,5\,4\,3\,2})\ 5\cdot\underline{7\,6\,5}\ \underline{4\,5}\,\underline{2\,4\,5}\,\underline{7\,6\,5}$

上   歌

$\underline{4\,5\,4\,2}\,\underline{1\,2\,7\,1}\ |\ 2\ (\underline{0\,1\,2\,4}\ 5\cdot\cdot\underline{4}\,2\cdot\underline{4}\ \underline{2\,4\,5\,6\,4}\ \underline{5\,4\,2}\,\underline{1\,2\,7\,1}\,2)\,\underline{1\,5\,2}$

衫。   我曾想

$\underline{4\,2}\,\underline{0\,4}\,\underline{2\,1}\ \underline{7\,1}\,\underline{2\,6\,5}\ \underline{4\,5\,2\,4}\ (\underline{4\,2}\ \underline{4\,2\,4}\,\underline{0\,7\,1})\ \|$ 【乙反南音】

一   帛   悬 梁,

$4\cdot\underline{3\,2}\ \underline{1\,2}\,\underline{7\,5}\,\underline{7}\cdot\underline{2\,1}\ (\underline{5\,4}\,\underline{2\,4}\,\underline{5\,6\,5}\,\underline{4\,2\,4})\ |\ \underline{2\,4\,2}\,\underline{1\,6\,5}\ \underline{4\,2\,4}$

消 万 难,   家 仇

$\underline{5\,5\,7\,1}\ (\underline{5\,4}\,\underline{2\,4}\,\underline{5\,6\,5}\,\underline{4\,2\,4})\ |\ \underline{4\,2\,4}\,\underline{1\,7}\cdot\underline{1\,2\,5}\cdot\underline{6\,5}\ \underline{6\,5\,4}\,\underline{2\,4\,2}\,\underline{4\,4}\ |$

未 报,   冤 案未 推翻,   只好

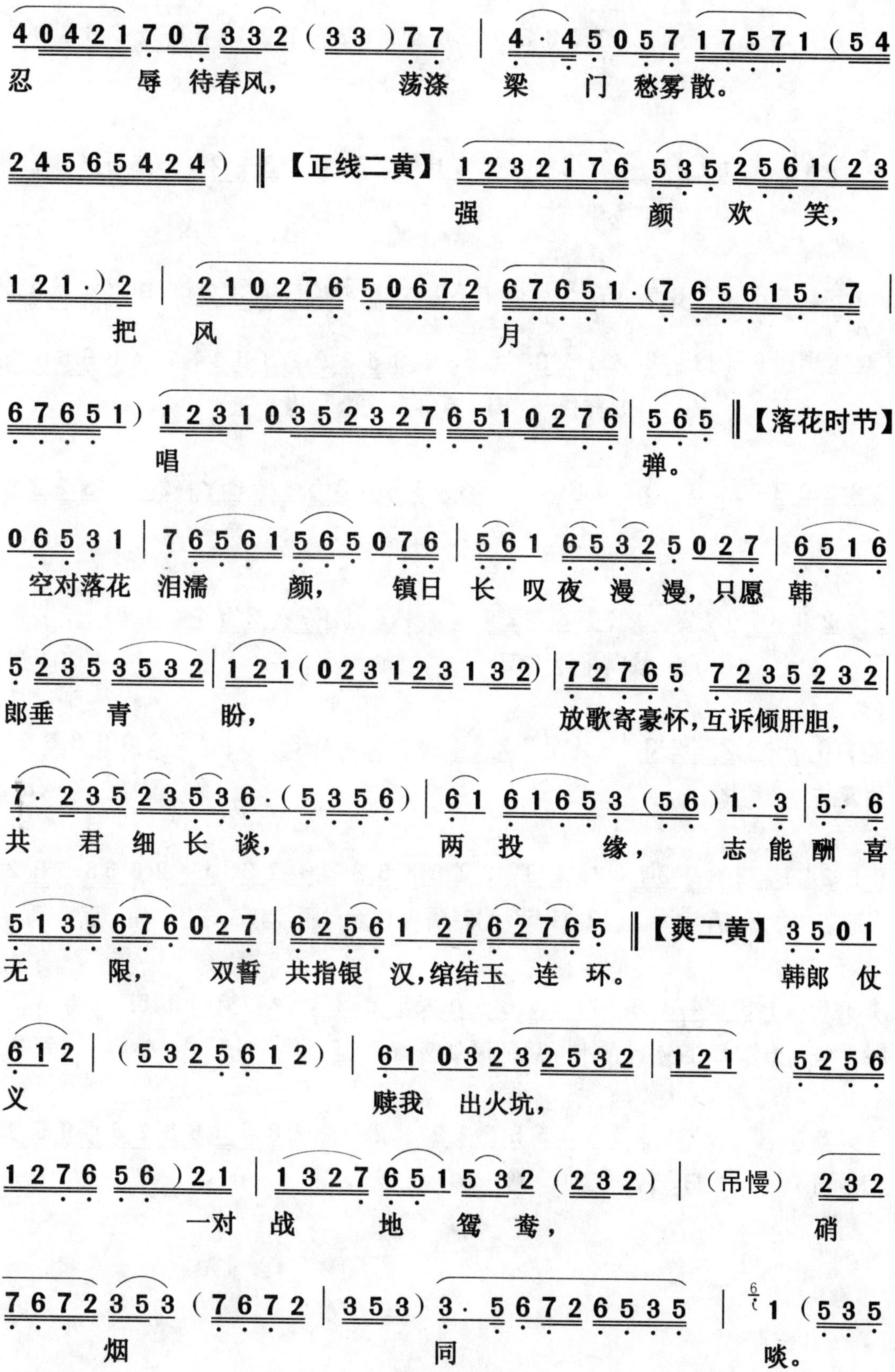

$\overparen{4\ 0}\ 4\ 2\ 1\ \overparen{7\ 0\ 7}\ \overparen{3\ 3\ 2}\ (\overparen{3\ 3}\ )\ \overparen{7\ 7}\ |\ 4\cdot4\ \overparen{5\ 0\ 5}\ \overparen{7\ 1\ 7}\ \overparen{5\ 7\ 1}\ (\overparen{5\ 4}$

忍　　　辱　　待　春　风，　　荡涤　　梁　门　愁雾　散。

$\overparen{2\ 4\ 5\ 6}\ \overparen{5\ 4\ 2}\ 4\ )\ \|$ 【正线二黄】 $\overparen{1\ 2\ 3\ 2}\ 1\ 7\ 6\ \overparen{5\ 3\ 5}\ \overparen{2\ 5\ 6}\ 1\ (\overparen{2\ 3}$

强　　　颜　欢　笑，

$\overparen{1\ 2\ 1}\cdot)\ 2\ |\ \overparen{2\ 1\ 0}\ \overparen{2\ 7\ 6}\ \overparen{5\ 0}\ \overparen{6\ 7\ 2}\ \overparen{6\ 7\ 6}\ 5\ 1\cdot(\overparen{7\ 6\ 5\ 6}\ 1\ 5\cdot7\ |$

把　风　　　月　

$\overparen{6\ 7\ 6\ 5\ 1}\ )\ \overparen{1\ 2\ 3}\ \overparen{1\ 0}\ \overparen{3\ 5\ 2\ 3}\ \overparen{2\ 7\ 6}\ \overparen{5\ 1\ 0}\ \overparen{2\ 7\ 6}\ |\ \overparen{5\ 6\ 5}\ \|$ 【落花时节】

唱　　　　　　　　　弹。

$\overparen{0\ 6}\ \overparen{5\ 3}\ 1\ |\ \overparen{7\ 6\ 5}\ \overparen{6\ 1}\ \overparen{5\ 6\ 5}\ \overparen{0\ 7\ 6}\ |\ \overparen{5\ 6\ 1}\ \overparen{6\ 5\ 3}\ \overparen{2\ 5}\ \overparen{0\ 2\ 7}\ |\ \overparen{6\ 5\ 1\ 6}$

空对落花　泪濡　颜，　　镇日　长　叹　夜　漫　漫，只愿　韩

$\overparen{5\ 2\ 3}\ \overparen{5\ 3\ 5\ 3\ 2}\ |\ \overparen{1\ 2\ 1}\ (\overparen{0\ 2\ 3}\ \overparen{1\ 2\ 3}\ \overparen{1\ 3\ 2}\ )\ |\ \overparen{7\ 2\ 7\ 6\ 5}\ \overparen{7\ 2\ 3\ 5}\ \overparen{2\ 3\ 2}\ |$

郎垂　青　盼，　　　　　　　　　放歌寄豪怀，互诉倾肝胆，

$7\cdot\overparen{2\ 3\ 5}\ \overparen{2\ 3\ 5}\ \overparen{3\ 5}\ 3\ 6\cdot(\overparen{5\ 3\ 5}\ 6\ )\ |\ \overparen{6\ 1}\ \overparen{6\ 1\ 6\ 5}\ 3\ (\overparen{5\ 6}\ )\ 1\cdot3\ |\ 5\cdot6$

共　君　细　长　谈，　　　两　投　　缘，　志　能　酬　喜

$\overparen{5\ 1\ 3\ 5}\ \overparen{6\ 7\ 6}\ \overparen{0\ 2\ 7}\ |\ \overparen{6\ 2\ 5\ 6}\ 1\ \overparen{2\ 7\ 6}\ \overparen{2\ 7\ 6}\ 5\ \|$ 【爽二黄】 $\overparen{3\ 5}\ \overparen{0\ 1}$

无　限，　　双眸　共指银　汉,绾结玉　连　环。　　　　韩郎仗

$\overparen{6\ 1}\ 2\ |\ (\overparen{5\ 3\ 2}\ \overparen{5\ 6\ 1\ 2}\ )\ |\ \overparen{6\ 1}\ \overparen{0\ 3\ 2}\ \overparen{3\ 2\ 5\ 3}\ 2\ |\ \overparen{1\ 2\ 1}\ (\overparen{5\ 2\ 5\ 6}$

义　　　　　　　　赎我　出火坑，　　　　

$\overparen{1\ 2\ 7\ 6}\ \overparen{5\ 6}\ )\ \overparen{2\ 1}\ |\ \overparen{1\ 3\ 2\ 7}\ \overparen{6\ 5\ 1}\ \overparen{5\ 3\ 2}\ (\overparen{2\ 3\ 2}\ )\ |$ (吊慢) $\overparen{2\ 3\ 2}$

　　　　一对　战　地　鸳　鸯，　　　　　　　硝

$\overparen{7\ 6\ 7\ 2}\ \overparen{3\ 5\ 3}\ (\overparen{7\ 6\ 7\ 2}\ |\ \overparen{3\ 5\ 3}\ )\ 3\cdot\overparen{5\ 6\ 7\ 2}\ \overparen{6\ 5\ 3\ 5}\ |\ {}^{6}_{\sim}\ 1\ (\overparen{5\ 3\ 5}$

烟　　　同　　　　　　�。

$\widehat{6\ 1}\ \underline{2\ 1}\ \underline{\dot{5}\ \dot{1}}\ \underline{\dot{5}\ \dot{1}}\ \dot{5}\ \dot{1}\ )\ |\ \widehat{1\cdot\ \underline{2}}\ \underline{7\ 6}\ \underline{5\ 3}\ \underline{5}\ \ \widehat{6\ 5\ 1}\ (\underline{2\ 3}\ \underline{1\ 2\ 1})\ |\ \widehat{1\cdot\ \underline{2}}\ \underline{7\ 6}\ \underline{5\ 3}\ \underline{5}$

柳　　营　划策，　　　　铁

$1\cdot\ (\widehat{\underline{7\ 6}}\ \underline{\dot{1}\ \dot{5}}\ |\ \underline{1\ 2}\ \underline{3\ 1})\ \widehat{6}\ \underline{5\ 4\ 3}\ \underline{2}\ \underline{2\ 3}\ \underline{5}\ \widehat{\underline{3\ 2\ 1}}\ |\ \widehat{\underline{3\ 2\ 3}}\ \underline{1\ 2}\ \underline{1\ 6}\ \underline{5\ 6}\ \underline{3}\ \dot{5}\ \parallel\ $ゼ

甲　　　　换歌　　　　　　衫。

$(\underline{\dot{5}\ \underline{5\ 5\ 5\ 6}}\ \underline{1\ 2}\ \underline{5\ 5}\ \underline{\dot{1}\ \dot{7}\ \dot{2}}\ \underline{\dot{1}}\ \underline{7\ 5\ 6\cdot\ \dot{1}}\ \underline{6\ 1\ 6\ 5}\ \underline{4\ 3\ 2\ 4}\ \underline{5\ 0\ 4\ 3\ 5})$

【双飞蝴蝶】$\dfrac{4}{4}$　$\widehat{2\cdot\ \underline{3}}\ \underline{5\ 4}\ \widehat{\underline{5\ 3}}\ |\ \underline{2}\ \ \underline{3\ 5}\ \underline{3\ 5}\ \underline{3\ 2\ 1}\ \underline{3\ 6\ 1}\ |\ 2\cdot\ (\underline{5\ 6}\ \underline{5\ 3\ 5}$

从　此弃钗　环，且将刀　枪当玉　簪，

$\underline{2\ 3\ 2}\ \underline{0\ 3\ 5})\ |\ \widehat{2\cdot\ \underline{3}}\ \underline{5\ 4}\ \widehat{\underline{5\ 3}}\ |\ 2\ \widehat{3\cdot\ \underline{5}}\ \underline{3\ 5}\ \underline{3\ 2}\ \underline{1\ 7\ 6\ 1}\ |\ 2\cdot\ (\underline{5\ 3\ 2\ 3\ 5}$

环　甲上征　途，夫　妻双　双　并乘　骖，

$\underline{2\ 3\ 2}\ \underline{0\ 3\ 5})\ |\ \widehat{2\cdot\ \underline{3}}\ \underline{2\ 1}\ \underline{6\ 1}\ \underline{2\ 1\ 2\ 3}\ |\ 1\cdot\ (\underline{3\ 2\ 1}\ \underline{2\ 3\ 1}\ \underline{1\ 2\ 1\ 0})\ |\ 2\cdot\ 3$

雕　鞍虎将伴　朝　　晚，　　　　相　亲

$\underline{2\ 1}\ \underline{6\ 5}\ \underline{6\ 1}\ \underline{2\ 1\ 2\ 3}\ |\ \overset{6}{\underbrace{}}\ 1\cdot\ (\widehat{\underline{3\ 2\ 1\ 2\ 3}}\ \underline{1\ 2\ 1\ 0\ 3\ 2})\ |\ 1\cdot\ \underline{2}\ \underline{3\ 2}\ \underline{3\ 5}\ 2$

相爱共　忧　　患，　　　　　　半　壁江　　山，

$0\ \underline{3\ 2}\ |\ 1\cdot\ \underline{2}\ \underline{3\ 2}\ \underline{3\ 5}\ \overset{3}{\underbrace{2}}\ \ \underline{2\ 3}\ |\ \underline{2\ 7}\ \underline{3\ 5}\ \underline{5\ 6}\ \underline{7\ 6}\ \underline{2\ 6}\ |\ 1\cdot\ \underline{2}\ \underline{3\ 5}\ \underline{3\ 5}\ \underline{3\ 2}$

敢以铁　肩　　担，挥兵　北塞屠狼和射　雁，怎奈宋　室熏　风

$1\ |\ 6\cdot\ \underline{\dot{1}}\ \underline{6\ 5}\ \underline{4\ 3}\ 5\ |\ 6\cdot\ \underline{\dot{1}}\ \underline{6\ 5}\ \underline{4\ 3}\ \underline{5\ 5\ 3}\ |\ (慢)\ \widehat{2\cdot\ \underline{3}}\ 5\ \ \widehat{3\ 5\ 3\ 2}$

染，笙　箫歌舞伴夕旦，不　思征讨复河山，国运　危　　殆，将　军苦

$\underline{1\ 2\ 3\ 5}\ \parallel\ $ゼ$\ 2\ \underline{6\ 5\ 3}\ \underline{3\ 5\ 6}\ \underline{5\ 4\ 3}\ \overset{3}{\underbrace{2}}\ -\ (\underline{2\ 3\ 4\ 5}\ \underline{6\ 5\ 2\ 5}\ \underline{4\ 3\ 6\ 3}$

泪潸　　潸，苦泪　潸　　潸。

$2\ 6\ -\ \overset{\frown}{2}\ -\ )$

114

独倚望江楼

梵 山 撰曲
严佩贞 唱

【燕呢喃】 1=G 4/4 （0665 3 2 3 2 3 5 | 6· 2 7 6 7 2 6 1 6 5 3 5

6 1 7） | 6 1 6 5 3 5 3 2 1 2 3 5·（5） | 2 7 6 0 2 7 2 3 5 3
　　　　　依 依 弱　　 柳　 晚 凉 天，

3·（1 6 5 6 1） | 5 6 1 6 5 5 3 5 3 2 2·（1 6 5） | 3 5 6 1 6 1 2 3 2
隔　　 山　　 川，　　　　 暮霭苍茫　倚

7 6 2 7 | 6（2 3 2 7 6 2 5 6 2 5 6 6 1 6 5） | 3· 5 6 1 3 5 6（1 3 5
望　 倦，　　　　　　　　 路 几 千，

6 1 3） | 2 3 2 7 6 5 1 0 3 0 5 6（6 5 6 1） | 5· 6 1 1 6 5 5 3
萧 萧 画 角 行 人 断，　　　 记 分

2 3 1 2 3 2 3 | 1· 3 2 7 6 5 1 6 6 5（5） 3 5 | 6 5 3 5 2 0 3 5
携　 日，剪烛 设　 离 筵，　 渺 天 涯，梦里

6 3 2 0 5 3 5 | 6 1 ∨ 5 ‖【反线二黄】4/4（0 5 3 5 2 3 5 1 6 1 5 5 6 1 |
都 寻　 遍。

1 1 6 5 6 1 5 6 1 2 3 4 5 3 2 3 2 3 5 2 3 2 7 6 5 6 1 | 5 6 1 3 5 6 1

5· 6 5 6 1 7 6· 1 6 1 6 5 4 3 4 5 3 1 | 6 1 6 5 3 2 3 5 2 3 2 3 5 7

6 1 2 3 5 6 1 0 4 3 5） | 2 2 2 3 5 5 0 6 4 5 3· 5 3 5 3 2 1 6 1 |
　　　　　　　　　 寒

6 5 0 5 3 5 1 1 0 2 4 3 2 2 2 4 3 | 2 7 2 3 4 3 4 5 3 4 3 2 1 3 2 7
灯　　 畔，

6 0 1 5 4 3 5 6 7 6 | 3 0 5 4 3　2 1 0 1 1 3　6 5 · 4 3 4 0 5 3 2 |

药　炉　边，

1 2 7 1 · (5 3 5 2 6 5 3 5 2 1 2 3 5 6 5 3　2 3 5 1 6 5 3 2 | 1 1 6 5 4 3

2 1 2 3 5 6 4 3 2 3 5 1 6 5 3 2 1 2 3 1) 6 1 | 7 6 6 1 6 5 1 0 2 1 6

卖却 旧　佩

5 5 4 3 5　2 2 1 | 5 0 4 3 2 1 2 3 5 7 2 6 1　6 5 (0 5 3 2

明珠，　抛却 新　　　栽

1 2 3 5 2 1 6 1 | 5 6 3 5) 2 5 6 5 5 3 2 3 1 2 · 3 4 3 4 5 3 2 3 5 |

罗

1 (1 6 5 6 1　2 3 1 2 · 3 4 3 4 5 3 2 3 5 1 2 3 1) | 3 5 6　1 6 1

扇。　　　　　暮 和

6 0 1 6 5 3 (2 3 1 2) | 5 0 5 6 5 3 · 5 3 2 2 7 6 1 2 3 6 1

朝，　　　思 君　　情 绪，

(1 2 1) 0 1 7 | 6 · 1 2 3 2 7 6 5 6 1 5 6 1 2 3 5 3 (3 2 3 1 2 |

我亦 度　　　　日

3 4 5 3) 1 2 3 1 · 2 3 2 3 0 5 6 1 6 5 4 5 3 2 | 1 6 1 0 2

如　　　　　　　　　年。

3 5 6 1 6 5 4 3 2 · 3 4 5 4 3 3 2 (2 1 2 3 | 5 6 1 6 5 3 5

2 3 5 7 6 5 6 1 7 6 5 3 5 2 3 1 2) | 1 7 6 5 (7 6 5) 6 7 6 7 2

信 而

7 6 5 6 (2 3 2 7 | 6 6 6 7 6 7 5 6 1 7 6　5 6 1 3 2 3 5　6 7 6) |

今，

116

$\overbrace{1\ 2\ 3\ 1}$ $\overbrace{0\ \dot{1}\ 6\ 5\ \underline{3}}$ $5\ 5\ \underline{3}\ \underline{2}\ 2\ 2\ 2\ 3$ | $5\ 3\ \underline{5\cdot\dot{6}}$ $\dot{7}\dot{6}\dot{7}\dot{2}\cdot\dot{7}$ $0\ 6\ 0\ 7\ 6\ 5$

无　足　恋，

$4\ 2\ 4\ 0\ 5\ 6\ \dot{1}$ | $5\ 6\ 4\ 5$ $(5\ 6\ \dot{1}\ 7\ 6\ \dot{1}\ 6\ 5\ 3\ 0\ 5\ 6\ 0\ 3\ 2\ 3\ 1\ 2\ 1\ 2\ 3$ |

$5\ 3\ 5\ 6\ 7\ 6\ \dot{2}\ 7\ 0\ 6\ 0\ 7\ 6\ 5\ 4\ 2\ 4\ 0\ 5\ 6\ \dot{1}\ 5\ 6\ 4\ 5)$ | $\dot{7}\ 0\ 3\ \dot{2}\ 7\ 6\ 5\ 6$

万　念

$5\ 5\ 4\ 3\ 5\ 2\ 3\ 2\ 5\ 6\ 1$ | $5\cdot5$ $3\ 2\ 5\ 3$ $3\ 2\ 0\ 3\ 2\ 7\ 6\ (5\ \dot{1}\ 3\ 5$ |

俱灰　　只剩有　情　　　痴

$6\ 7\ 6)\ 6\ 5\ \dot{1}\ 6\ 5\ 5\ 3\ 2\ 3\ 1\ 2\cdot3\ 5\ 6\ \dot{1}\ 6\ 5\ 3\ 2$ | 1 ‖【反线中板】$\frac{2}{4}$

一　　　　　　　　　　　　片。

$\overbrace{6\ 5\ 6\ 1\ 2}$ | $(6\ 5\ 6\ 1\ 2)\ 3\ 6\ 5\ 0\ 5\ 3\ 2$ | $1\cdot2\ 3\ 5\ 3\ 2\ 1\ (2\ 3\ 5\ 3\ 2$ |

独倚　　　望江　楼，

$1)\ 6\ 5\ 6$ | $1\ 1\ 2\ (2\ 3\ 2)\ 1\ 6$ | $2\ 0\ 5\ 3\ 2\ 1\ (2\ 5\ 3\ 2$ | $1\cdot)6$

穷　倦眼，　眷念　个　个　缪

$5\cdot3\ 5\ 6\ 1$ | $3\ 2\ 0\ 5\ 3\ 2\ 1\ (2\ 5\ 3\ 2$ | $1)\ 4\ 3\ 4\ 5\ 3$ $(4\ 3\ 4\ 5\ 3)\ 5$

莲　　仙。　　　　邂　逅　记

$\dot{1}\ \dot{1}\ 3\ 5$ | $7\ 6\ (5\ 6\ \dot{1}\ 6\ \dot{1}\ 5\ \dot{1}\ 3\ 5$ | $6\ 0\ \dot{1}\ 6\ \dot{1})\ 5\ 3\ 0\ 5\ 3\ 2$ | $1\ 3\ 6\ 1\ 2\ (3\ 5$

中　秋，　　　　　两月　绸　缪，

$2\ 3\ 2)\ 3\ 5$ | $\dot{1}\ 6\ \dot{1}\ 0\ \dot{1}\ 3\ 5\ 6\ (\dot{1}\ 5\ \dot{1}\ 3\ 5$ | $6\ 0\ 5\ 3\ 2)\ 2\ 3\ 1$ | $3\ 5\ (0\ 5\ 3\ 2$

共许　深　　深　　　　良　愿。

$1\ 1\ 0\ \dot{1}\ 6\ 5$ | $3\ 5)\ 7\ 7\ 2\ 3\ 5\ 2$ | $0\ 5\ 3\ 2\ 2\ 7\ 6\ 5\ 1\ 0\ 2\ 3\ 5$ | $3\ 2\ (2\ 3\ 2\ 7$

在地作　　连　　　枝，

$6\ 5\ 6\ 1\ 0\ 2\ 3\ 5$ | $2)\ 7\ 3\ 6$ | $2\ 5\ 3\ 2\ 1\cdot(2\ 1\ 2\ 1)\ 0\ 2\ 1$ | $7\ 6\ 6\ 7\ 6\ 5$

在天为　比　翅，　　　转眼　又

117

1(6̇ i 5̇ 6 | i̇) 6 5 2̇ 3̇ 1 3̇ 5̇ 6̇ 1̇ | 5̇·3̇ 2̇ 1̇ 7̇ 2̇ 1̇ (3̇ 2̇ 1̇ 7̇ 2̇ | 1̇)
过　　　木　兰　　　船。

3·3 5 | (3·3 5·3) 2 3 1 0 5 3 5 | 6 6 (6 i 6 5 2 3 1 0 5 3 5 |
别　　离　　　间，

6 0 i 6 5) 5 6 i 3 5 | 4 5 4 3 3 2 (2 3 2) 1=C 1 6 ‖ 【二黄】 4/4
苒　荏　岁　华，　　　乍遇

3 2 5 1 2 3 1 7 6 6 5 (0 5 6 1 2 3 1 2 7 6 | 5 6 3 5) 1 2 3 2 1
关　　　河　　　　改

2 1 2 7 6 5 6 7 2 7 6 5 | 1 (0 5 3 2 1 2 3 5 2 1 7 6 5·7 6 1 5
变。

1 2 3 1) 7 0 2 7 6 5 6 3 5 5 3 5 1 2 (3 5 2 3 2) 6 1 | 7 0 2 7 6
满　城　箫　管，　　换了满

5 6 5 0 6 7 6 5 1·(7 6 5 6 1 5·7 | 6 7 6 5 1) 5 6 4 3 2 (4 3)
地　　　　　烽

2·3 5 6 4 3 5 3 2 2 1 7 1 | 3 2 (2 7 2 3 5 6 4 3 2 5 3 2 1 2 7 6 5 6 1
烟。

2 3 1 2) 5·5 3 2 7 3 5 3 2 7 6 5 (3 5 6 1 5 6 3 5) 6 0 7 6 5
沧桑一角独登　临，　　　病

1 7 1 5 4 3 5 3 2 (3 5 2 3 2) 7 1 | 3 2 (3 5) 2 2 0 3 4 5 4 3 (6 5 3 5
染　相　思，　病较相　　　思

2 2 2 3 4 5 | 3 2 5 3) 3 2 3 5 6 2 7 6 5 3 5 6 7 6 7 2 6·2 7 6 5
还

2 3 1 (3 2 3 5 6 2 7 6 5 2 7 6 1 2 1 5 1 2 3 1) | 【乙反】 5 4 5 7 1
浅。　　　　　蒲　柳

4 2 4 1 2 7 1 | 4 2 (1 2 7 1 2 4 3 2) | 5 4 5 4 2 4 2 1 7 1 2 4 1 (7 1 2 4
先　秋，　　　　黄　花　比　瘦，

1 2 7 1) 7 1 | 2 0 4 1 6 5 4 5 5 · 7 1 (5 7 1 7 1) 【正线】 2 6 |
就算　红　颜　未　老，　　　　争奈

2 2 1 7 2 7 6 5 6 3 5 1 7 2 1 (2 7 6 5 6 1 5 4 3 5 | 1 7 2 1) 5
青　镜　　　　　　　　　　　　　　　不

5 3 2 1 (3 2) 1 · 2 3 2 3 2 3 5 3 2 2 1 | 6 1 5 (6 5 3 5 2 5 3 2 1 6 1
相　　　　　　　　　怜。

2 3 5 3 2 1 6 5 6 3 5) | 2 · 5 2 1 1 2 1 7 6 5 3 5 6 7 2 2 1 7 6 |
钗　钿书剑各飘　　零，

5 4 3 4 5 (0 2 3 2 7 6 0 7 6 7 6 5 3 0 5 3 5 6 1 | 5 6 3 5 3 5 6

7 6 7 2 · 7 6 7 1 0 2 7 6 5 4 3 4 5) 5 2 | 7 6 7 2 6 (7 2 6) 5 4 3 5
留得　劫　外　余

3 2 3 · 5 2 3 2 1 1 5 0 1 | 2 2 5 1 7 1 (5 4 3 5 3 5 2 6 5 4 3
生，

2 1 7 6 5 4 3 5 | 1 5 6 5 4 3 2 7 2 3 4 5 4 3 2 3 2 7 6 5 6 1

2 3 5 1) 5 1 | 3 2 · 3 · 5 6 5 3 5 (6 5 3 5 2 5 6 5 4 3 | 5 6 4 5) 4 4 5 4 3
谁信心　魂　　都

2 2 3 2 1 6 · 1 5 3 5 | 6 1 0 2 3 5 2 1 2 0 5 3 2 1 2 7 6 5 · 7
贼。

6 5 6 1 2 1 7 | 1 ‖ 【快二流】 2/4 (0 3 5 2 1 2 3 | 1 2 7 1 | 1 · 2 3 5

2 1 2 3 | 1 2 7 1) 1 2 | 2 7 6 5 | 0 5 | 7 6 7 2 | 0 5 3 2 2 7 | 6 2
细数 一 年 离 别，

119

765 | 6 - | (043272 | 61576 | 23453272 | 6757

6)51 | 22761 | 00276 | 5·6 5·6 | 56501 | 2·5

能有 几 度 团 圆？

321 | 2 - | (056535 | 2312 | 056535 | 2312)11 |

费煞

22161 | 0276 | 51 | 065 | 424 | 42456561 | 51

海誓 山 盟，

24 | 5 - | (076561 | 5635 | 076561 | 5635)11 |

费煞

32165 | 065 | 12323532 | 053532 | 1·22167 |

花 迷 蝶 恋 呀！

1 - | （锣鼓）（05432 | 15135·4 | 3526543 | 235

3532 | 1·32161 | 5 553 | 23535 32 | 112176 |

561 | 032123 | 1271 | 1·2352123 | 1271）21 |

只怕

54332 | 035 | 7672 | 2·34345 | 3432127 | 6·7

沧 波 流 尽

1 | 71765645 | 6·1 715 | 6766 |（05643 | 2345

3272 | 65671 | 71765672 | 62762 | 356）‖

【合尺滚花】 ᵗ 3 - 2767 - （3 - 2767 -） 32·321 61 -

流 不 尽 双 泪

32 - 23765 - 1·21·2323 | 5 - 03323232323 - 322 -

涓 涓。

120